Das Buch von Elia

Das Buch von Elia

von
Elia Ama Ri

© 2022 Elia Ama Ri
Herstellung und Verlag: BoD – Books on Demand,
Norderstedt
ISBN: 9783756215355

Inhaltsverzeichnis

Das Buch von Elia

Klingt spannend und lustig, nicht wahr?

Nun ja, spannend kann es sicherlich werden, aber

„Das Buch von Elia"

ist ein lebendiges Buch, welches Geschichten aus dem Leben erzählt und in welchem

„Elia"

seine Eindrücke und Erlebnisse niederschreibt.

Das heißt also, es wird vor allem tiefgründig.

Mit diesem Werk hat sich **„Elia"** einen Spielraum erschaffen, in dem er seiner kreativen Ader freien Lauf lassen und seine Leidenschaft, das „Schreiben" und „Philosophieren über die Welt" ausleben kann.

„Das Buch von Elia" ist ein lebendiges Werk, welches auf verschiedene künstlerische Arten seine Geschichten erzählt.

Elia

Ihr fragt euch sicher, wer oder was zur Hölle ist „**Elia**"?

„**Elia**" ist keine Person, vielmehr ist es ein Zustand, welcher sich immer weiterentwickelt und stets neu erfindet. Quasi wie ein Virus, aber mit der Absicht Mehrwert und keinen Schaden zu bringen. Aber ganz von vorne. Ich werde euch jetzt erzählen, wie „**Das Buch von Elia**" entstanden ist und welche Reise „**Elia**" unternahm um dieses kreative Buch, welches nie das bleibt, was es zur Zeit ist, schreiben zu dürfen.

Warum macht der Mensch, was er macht? Welche Rolle spielen andere Menschen dabei und wie viel von dem, was man tut, kommt wirklich aus dem Herzen heraus? Sicherlich benötigen wir eine Absicherung. Wahrscheinlich freut sich jeder Mensch, wenn er für das was er macht Anerkennung erhält und ärgert sich, wenn dies nicht eintritt.

Kann das aber wirklich alles sein? Wäre es nicht besser, wenn jeder Mensch mehr und mehr das tun kann, worin er seine wahre Bestimmung und Stärke sieht? Ganz gleich ob er dadurch sofort gesellschaftliche Anerkennung erhält, finanziell erfolgreich wird und sich somit vermeintlich in Sicherheit wiegt, oder eben auch nicht. Er macht was er macht, einfach weil er spürt, dass das sein Ding ist und es ihn erfüllt.

Nach vielen Jahren der Suche nach Anerkennung. Mit der Angst nicht zu schaffen, was andere schaffen und damit finanziell, aber auch sonst auf keine Weise eine gute Basis aufzubauen. Sowie nach vielen Jahren des Studiums von Menschen, die scheinbar all das haben, was man sich selbst ersehnt, aber niemals zugetraut hat. Dabei festzustellen, dass diese angeblichen Superhelden auch nicht unbedingt angekommen zu sein scheinen. Nach all dem entwickelte sich der innere Zustand namens „**Elia**" und kann somit zum Autor dieses Buches werden.

„**Elia**" macht dir immer bewusst, dass nichts Bestand hat, alles subjektiv ist, von heute auf morgen anders sein kann und trotzdem immer seinen Wert hat. Was zählt, ist nicht, ob du der beste Sportler, der Arbeitnehmer mit der höchsten Position, Familiengründer oder nicht, Selbstständiger, Unternehmer oder Investor mit einem wahnsinnig großen finanziellen Erfolg bist oder nicht.

Was zählt ist, dass du ein starkes Vertrauen entwickelst, voll und ganz im Moment lebst und Handlungen vollziehst, mit denen du Mehrwert für dich und deine Umwelt erschaffst.

Alles ist miteinander verbunden und egal, wie egoistisch ein Mensch auch erscheinen mag, ursprünglich sind wir alle Herdentiere.

Es sind oft Misserfolge, Hass und Enttäuschungen, die unsere Werte durcheinanderbringen und zu Verwirrung führen.

Der „**Elia-Zustand**" ist der, in dem wir dies alles verstehen und uns im Moment völlig auf das konzentrieren und im Einklang damit handeln, was uns natürlich gegeben ist. Sind wir im Zustand des „**Elia**", ist uns bewusst, dass alle äußeren Wünsche nur dann in Erfüllung gehen, wenn wir sie vorher von innen heraus mental und emotional manifestieren können. Ganz gleich welche Werkzeuge und Mittel uns dafür derzeit gegeben sind. Wer sich der Bedeutung der Kreativität bewusst ist, wird seinen inneren „**Elia**" entwickeln, heranwachsen lassen und somit jeden Tag die Geschichten seines eigenen Lebens schreiben.

Die geistige Schreibfeder

Ein geistiges Schauerspiel

Es ist ein regnerischer Samstagnachmittag im April, und ich sitze im Auto, als ich diese Zeilen verfasse. Ich genieße das Prasseln des Regens. Ein Wechselspiel aus Sonne, Regen und Schnee. Ich bin genervt vom Regen, angetan von der Sonne, sowie von der Frische, die in der Luft liegt. Im Grunde genommen ist es ein Spiegel meiner Selbst. Es ist wie ein Tauziehen zwischen Winter und Sommer, Vergangenheit und Zukunft. Ich vermisse den letzten Sommer und werfe mir vor all die guten Eindrücke und Energien, die ich im vorherigen Sommer einfing, mit Beginn des Herbstes und besonders über den Winter hinweg wieder verloren zu haben, teilweise sogar ins Negative umgewandelt zu haben.

Ist es das wirklich? Habe ich in den dunklen Monaten auch meine Seele dunkel gemacht und all die Lichter, die ich im Sommer entzündete, im Keim erstickt? Und war alles, was der Sommer hervorbrachte wirklich das, was ich schon immer wollte? Waren es nicht vergangene Winter, die mir solch einen grandiosen Sommer brachten, wie er es im letzten Jahr war?

Ich sitze also in meinem Auto, umgeben von einer wunderschönen Kulisse und schwanke zwischen aufwühlenden und meditativen Zuständen hin und her.

Neben dem prasselnden Regen höre ich den Wind, der durch die Bäume und Hecken bläst. Einige wenige Menschen laufen um mein Auto herum.

Etwas Neues wird geboren

Meine Gedanken schreiben mal wieder eine neue Geschichte.

Ich erkenne, dass wir letztlich nichts anderes tun als Geschichten zu schreiben. Unser ganzes Leben halten wir unsere geistige Schreibfeder in der Hand, und so entsteht Zeile für Zeile. Mal schreiben wir ein Drama und andere Male werden über uns Romane geschrieben. Wir verlieren uns in Liebesgeschichten, durchleben den ein oder anderen Horror-Streifen und empfinden so manches als Komödie.

Beginn der Lichterspiele - oder auch „die zweite Runde hat begonnen"

Der Winter ist nun vorbei, und der Frühling macht Platz für den Sommer.

Dieses Mal sitze ich im Freien. Genau vor 7 Tagen saß ich noch um dieselbe Zeit im Auto, und die Natur bot ein einziges Schauerspiel. Dies sowohl im Außen, als auch in der Natur meines Geistes.

Es ist ein herrlicher Tag. Die Sonne strahlt auf meine Haut und füllt meinen Energiehaushalt auf. Die Vögel zwitschern und alles wirkt harmonisch und sonnig.

Der Tag begann mit einem köstlichen Frühstück. Nach dem Essen arbeitete ich ein wenig, bis mir plötzlich einfiel, dass ich ja zur Jahreshauptversammlung unseres Angelvereins muss. Lange Rede, kurzer Sinn: ich wurde zum 2. Kassenprüfer gewählt, was dazu führte, dass meine Gedanken wieder anfingen zu kreisen. Ich fühlte mich geehrt, und gleichzeitig hatte ich wieder Zweifel an meiner eigenen Kompetenz. Als ich dann das Angebot bekam, dass man mich in den Vorstand einarbeiten würde und dort künftig einsetzen möchte, war ich außer mir vor Freude und brachte meine Kreativitätsmaschine zum Laufen.

Visionen sprangen in mir auf, darüber welchen Mehrwert ich dem Verein und damit auch der Gesellschaft insgesamt bringen kann. Im gleichen Atemzug musste ich wieder an meine Selbstzweifel denken, die mich etliche Male energetisch ausbremsten und meine Vorhaben deshalb ins Wasser fielen. Ich verabschiedete mich und verließ mit gemischten Gefühlen die Veranstaltung. Aus dem Vereinsheim heraus, entschloss ich mich noch zu einem Spaziergang um den nahegelegenen See. Dabei traf ich allerlei Bekannte, machte noch einen kurzen Halt bei der Seehütte eines Bekannten und genoss ein kühles Glas Bier.

Das Erleben der Natur, besonders wenn ein Gewässer vor Ort war, sowie kleine Plaudereien mit den unterschiedlichsten Menschen, die mir auf meinen Spaziergängen begegneten, war für mich seelisches Balsam. Dieses Mal jedoch war etwas anders. Ich stellte mir die Frage, was wirklich gut tut und was letztlich nur Schein ist? Ich wanderte oft um diesen See herum. Unzählige Gespräche und daraus resultierende Erkenntnisse durfte ich jedes Mal mit nach Hause bringen.

Gestern war ich jedoch nicht so empfangsbereit für Neues. Auch den kurzen Zwischenstopp im Biergarten beendete ich recht zügig, weil ich mir noch einiges vorgenommen hatte für diesen Tag.

Einige Zeit später zu Hause angekommen, berichtete ich von den Beschlüssen der Sitzung und meinem Glück zum Kassenprüfer gewählt worden zu sein. Nach dem Mittagessen nahm ich mir vor, meine Arbeit zu Ende zu führen. Danach wollte ich dann eine Runde Fahrradfahren, Joggen und weiter meiner Leidenschaft, „dem Texten", nachgehen. Es wurde jedoch später Nachmittag, und es kamen die Nachbarn zu Besuch, als ich gerade wieder im Garten saß und an diesen Zeilen weiter schrieb. Deshalb kam ich gar nicht mehr zu den anderen Vorhaben, wie Radeln oder Joggen oder die Arbeit zu erledigen. Ich spürte, dass ich langsam wieder zu neuem Leben erwachte, doch der Winter noch ganz schön an mir zerrte!

Ein vermeintlich ruhmreicher Sonntag

Der nächste Tag verlief genial. Morgens um halb fünf wach geworden, mich gerichtet, eine Runde meditiert und dann wurde ein Morgenspaziergang gemacht. Anschließend arbeitete ich eine Stunde. Es war zwar Sonntag, aber warum sollte ich die Motivation nicht nutzen? Die letzten Züge des Projektes wurden zu Ende gebracht, und der Tag ging mit einer Runde Joggen weiter.

Es war einfach fantastisch! So langsam bekam ich Hunger und entschied mich deshalb etwas zu frühstücken. Nach dem Essen schwang ich mich dann auf mein Rennrad und fuhr zwei Stunden bei optimalem Wetter. Der Radsport sollte jedoch noch nicht das Ende des Tages sein. Nach meiner Tour grillte ich mit meiner Familie und ein paar Freunden noch und nutzte die letzten beiden Stunden, um mich wieder meiner Leidenschaft, „dem Schreiben", zu widmen.

Eigentlich ein herrlicher Tag, für den ich auch überaus dankbar war, aber dennoch überkam mich wieder eine kleine Unzufriedenheit.

Ich hatte zwar alles erreicht, was ich an diesem Tag schaffen wollte und noch vielmehr, aber die Zeit, die ich für das Schreiben nutzte, reichte nicht aus. Schon einige Wochen lang bemerkte ich, dass ich nicht mehr in dem Schreibfluss war, den ich erleben durfte, als ich mit dem Schreiben begann. Ich schreibe schon mein ganzes Leben lang gerne, aber dass ich schreibe, einfach weil es meine Leidenschaft ist und nicht etwa, weil ich es als Schüler oder von Berufswegen musste, das empfinde ich seit 3 Jahren so.

Eine fliegende Woche

Die darauffolgende Woche verlief wie im Flug. Ich arbeitete, sammelte Überstunden und erledigte so dies und das. Ich sehne mich allmählich wieder nach mehr Tiefgang.

Wieder mal eine Tragödie - oder doch eine Komödie?

Jetzt sitze ich schon drei Samstage, also zwei volle Wochen an diesem Text und merke, dass langsam aber sicher, eine Veränderung in mir stattfindet. Wieder einmal ist meine geistige Schreibfeder mit Tinte befüllt und lässt mich weitere Zeilen schreiben. Ich stelle fest, dass es draußen noch kalt und düster ist, doch in meinem geistigen „Schreibzimmer" ist es warm und wohlig.

Ich sitze auf dem Steg eines Flusses während ich diese Geschichte fortschreibe. Zwischenzeitlich kommt die Sonne durch, aber es ist Ende April und der Boden noch nicht aufgeheizt, so dass eine anhaltende Wärme noch nicht vorhanden ist. Zudem ist es windig, und es liegt eine

Nässe in der Luft. Am Anfang dieser Geschichte hatte ich mich noch daran gestört, jetzt schaffe ich es, mich auf das Positive zu konzentrieren. Ich sehe mir die Schwäne und Enten im Wasser an. Am Steg entlang schwimmen kleine Fische und um mich herum sitzen verschiedene Gruppen von Menschen, die wie ich diesen Frühlingstag genießen. Ich setze für einen kurzen Moment die Kopfhörer auf und höre ein wenig Musik, bevor ich mit dem Schreiben beginne.

Ich versinke regelrecht im Schreiben. Alles um mich herum empfinde ich als ein Geschenk. Selbst den kalten Wind. Nach einer Weile entschied ich mich für eine kurze Meditation. Ich schaue mit halbgeschlossenen Augen auf den Fluss und bewundere, wie Sonne und Wasser zu einem erfreulichen Lichterspiel verschmelzen.

Das Schreiben tut mir seit langem mal wieder richtig gut, ich erinnere mich zurück und mir wird klar, dass der vergangene Sommer auch einem wechselhaften Frühling und einem kalten, düsteren Winter folgte. Der Sommer hatte auch regnerische Tage, und ich hatte diese alle so gut überstanden, weil ich meine geistige Schreibfeder nie hatte ruhen lassen. Dafür ruhte vieles, was ich Jahre zuvor aufrecht erhielt, obwohl ich wusste, dass es mir mehr schaden als nützen würde.

Ein Resümee

Ich verstehe, dass ich nur meine geistige Schreibfeder weiter schreiben lassen sollte. Auch wenn ich mal eine Geschichte schreibe, die kein erfreuliches Ende hat, so weiß ich, dass die einzelnen Geschichten nur Meilensteine einer großen Reise sind und dass es nicht nur die eine Reise gibt, sondern das Reisen selbst das Ziel ist. Solange, bis ich alles gesehen und verstanden habe. Solange, bis ich an allem den Charme entdeckt und dessen Sinn verstanden habe. Seien es Wanderungen an dunkelsten Wintertagen durch tiefsten Schnee oder spannende Sommerurlaube mit Grillabenden, Fahrradtouren und reichlich Sonne, die allesamt mir meinen Energiehaushalt immer wieder von neuem auf Vordermann bringen können.

Manches Mal spielen uns unsere Gedanken einen Streich.

Wir machen ein, zwei Mal Sport, und es entsteht der Gedanke, dass wir ja die ganze Zeit über so unfassbar sportlich sind. Dabei haben wir in der ersten Woche des Monats siebenmal die Woche trainiert, obwohl uns maximal fünfmal und mindestens dreimal in der Woche empfohlen wurde. In der zweiten Woche sind wir nur einmal zum Sport gegangen, und in der dritten Woche bekommen wir dann ein schlechtes Gewissen, so dass wir wieder völlig übertreiben und die ganze Woche nur Sport im Sinn haben. In der vierten Woche reden wir uns ein, dass wir die ganze Zeit ja diszipliniert unseren Plan durchgezogen haben und deswegen erst im nächsten Monat weitermachen müssen.

Der nächste Monat wird mit großer Wahrscheinlichkeit nicht besser.

Ähnlich, nur in umgekehrter Reihenfolge, verhält es sich mit den Dingen, die wir vermeiden möchten.

Beispielsweise sagen wir, dass wir es uns diese Woche nochmal richtig gut gehen lassen wollen und dann aber ab der kommenden Woche anfangen, uns gesund zu ernähren. Tatsächlich sind wir in der ersten Woche überdiszipliniert und machen alles genau so, wie es nach der Beratung, die wir uns zuvor eingeholt haben, vermeintlich richtig ist. In der zweiten Woche können wir dem Druck nicht standhalten und schlemmen deshalb. In der dritten Woche überkommt uns mal wieder das schlechte Gewissen: wir machen eine Radikaldiät. Die letzte Woche des Monats empfinden wir erneut alles als grausam, weshalb wir uns vornehmen, im nächsten Monat von neuem zu beginnen.

Ob das gut geht? Ich denke nicht. Ich glaube, wir müssen verstehen, dass alles, sei es noch so konträr, trotzdem zueinander gehört und nur zusammen ein, ich sage mal, „sinnvolles Leben" ergibt. Alles zu seiner Zeit!

Ich denke, dass unser Befinden, unsere Gefühle vergleichbar mit den Jahreszeiten und dem Wetter sind und wir lernen müssen, wann unsere Haupt- und Neben-saison sowie Saisonende ist. Wir sollten uns darin üben, was in den verschiedenen Zeiten zu tun und lassen ist, vor allem aber, wie und wie oft dies sinnvoll erscheint.

Der Winter fällt uns schwer. Die Knochen tun weh, die Dunkelheit schlägt uns auf's Gemüt und die Möglich-keiten an Aktivitäten sind längst nicht so vielfältig wie im Sommer. Ausgenommen sind hier natürlich leiden-schaftliche Wintersportler. Der Frühling macht was er will und verwandelt sich entweder zum Sommer oder - besonders zu Beginn - manchmal auch wieder in den Winter zurück. Der Sommer ist großartig für die meisten von uns. Seine Sonne füllt unseren Energiespeicher auf, lässt uns viele kreative Ideen umsetzen und bietet uns die Möglichkeit, noch bis spätabends zusammen mit Freunden und der Familie in der Natur Spaß zu haben. Dann kommt der Herbst. Der macht das Gegenteil vom Frühling. Im Herbst erleben wir noch einige Tage, an denen es warm, ja sogar heiß ist. Gleichzeitig spürt man aber auch, dass es bald vorbei ist mit der subjektiv schönsten Zeit im Jahr. Wie alles im Leben haben auch die Jahreszeiten mindestens zwei Seiten…

Im Winter können wir eine Natur erleben, die uns schier märchenhaft vorkommt, uns an unsere Kindheitstage erinnert und uns wieder hoffen lässt. Es ist die Zeit der Besinnung. Im Winter können wir uns erholen und Kraft für das neue Jahr sammeln.

Der Frühling macht, was er will. Wie er sich mal in Winter und an einem anderen Tag in den Sommer verwandelt, so sollten wir von seiner Flexibilität lernen. Wir sollten in ihm das alte Jahr Revue passieren lassen und Pläne für das neubegonnene schmieden, so dass wir im Sommer durchstarten können.

So wundervoll der Sommer auch ist, so heimtückisch kann er auch sein. Er ist wie ein berauschender Abend, der vermeintlich nie endet.

Im Herbst angekommen, lässt der Rausch langsam nach. Wir stellen fest, dass wir zwar einiges im Sommer erreicht, jedoch auch oft uns selbst betrogen haben, wenn wir es auf der ein oder anderen Grillfeier mit dem Bier übertrieben haben, anstatt die Dinge zu verfolgen, die unserem Geist und Körper ausschließlich gut tun. In der Schule wurden wir immer gewarnt, dass wir uns nie darauf ausruhen sollten, wenn wir gute Noten geschrieben haben. Heute verstehe ich, dass dies gleichsam für das gesamte Leben gilt. Enttäuscht verlassen wir das Sommerfest und gehen durch die kalten Wintertage, ganz ohne Jacke, denn diese haben wir zu Hause liegen lassen, weil wir ja der Meinung waren, dass uns schon nicht kalt wird.

Ist euch aufgefallen, dass die vorherigen Zeilen unsere innere Welt beschreiben, und wir selbst bestimmen, ob wir einen harten, kalten und düsteren Winter oder einen Sommer voller Sonnenbrände, Exzesse und Oberflächlichkeiten erleben werden. Oder wir entscheiden uns für einen besinnlichen und Kraft tankenden Winter sowie einen produktiven und auf lange Sicht Nutzen bringenden Sommer. Was ist mit dem Frühling und Herbst? Wie schon erwähnt, eignen sie sich gut, um das Vergangene Revue passieren zu lassen und für exaktes Planen. Der Sommer hat in uns eine riesige Schaffens- kraft entwickelt, was manchmal dazu führte, dass wir über das Ziel hinaus geschossen sind. Der Winter hin- gegen hat uns zurückziehen lassen. Wir hatten so eine große Angst vor der eisigen Kälte, dass wir gar nicht erst auf die Idee kamen, uns den Wintermantel überzuziehen.

Da ich es liebe, über das Leben zu schreiben und zu phi- losophieren, weiß ich, dass das Geschichtenschreiben über das Leben einer Saisonarbeit gleichkommt und man sich Taktiken und Strategien überlegen sollte, mit denen man das ganze Jahr über und über Jahre hinweg gut über die Runden kommt. Entscheidend ist natürlich, ob man vom Herzen her eher in der Winter- oder in der Sommer- saison motiviert ist. Ich gehöre zu Letzteren. Je nachdem, wozu man tendiert, so sollte man planen. Beide, Haupt- wie Nebensaison haben natürlich ihren Wert und man sollte zu jeder Zeit aktiv sein.

Nur ist aktiv sein, nicht gleich aktiv sein - und darin „liegt auch der Hund begraben". Für jemanden wie mich, ist der Sommer die ergiebigste Zeit. Ich könnte rund um die Uhr produktiv und kreativ sein. Gleichzeitig stehe ich mir aber auch besonders durch den Überschuss an Energie oft im

Wege, weil ich nicht weiß, wie ich meine Zeit und Energie am besten einteile. Darüber hinaus ist es so, dass ich ja auch meine sozialen Kontakte und Aktivitäten nicht zu kurz kommen lassen möchte. Auch wenn ich die Einsamkeit und Stille genieße, so bin ich mir bewusst, dass wir Menschen soziale Wesen sind und uns gegenseitig brauchen, um glücklich und gesund zu sein. Im Winter ist es in mir kalt und düster und ich erstarre häufig, so dass ich fast schon handlungsunfähig in der kalten Jahreszeit bin. Im Frühling verspüre ich, wie ich zu mehr Schöpferkraft gelange, kann mich jedoch nicht wirklich aus den Fesseln des Winters befreien. Und im Herbst beginne ich (ironisch gesagt!) früh genug damit, mich von der Angst vor dem Winter lähmen zu lassen. Ich ärgere mich, weil ich doch nicht alles erreicht habe, was ich im Sommer erreichen wollte und darüber, dass ich durch Übermut und Energieüberschuss den ein oder anderen Fehler gemacht oder mich geschwächt habe.

Das brachte mich während des Verfassens dieses Textes auf die Idee, meine künftigen Lebensjahre wirklich wie eine Saisonarbeit zu betrachten. Mich nur noch auf das Positive zu konzentrieren, was die jeweiligen Jahreszeiten mit sich bringen. Die jeweils positiven und negativen Aspekte der Jahreszeiten habe ich in den vorherigen Zeilen beschrieben. Ich möchte an dieser Stelle erneut betonen, dass ich nur aus meiner Warte heraus schreibe. Was für jemanden positiv oder negativ erscheint, ist vollkommen unterschiedlich. Ob man den Winter eher als kalt und düster, den Sommer aber als belebend und wärmend, oder den Winter als märchenhaft und wohlig und dafür den Sommer als eine Zeit voll ätzender Mücken und Sonnenbrände empfindet, das ist ganz individuell.

Ich denke, beide Parteien haben auf ihre Weise recht: die Kunst liegt wohl darin, sich so vorzubereiten, dass man die Vorzüge beider Jahreszeiten in vollem Umfang auskosten kann. Nehmen wir also an, ihr seid wie ich im Sommer aktiv und würdet am liebsten im Winter „in den Winterschlaf gehen". So nutzt den Winter wirklich um zu ruhen. Schaltet einen Gang herunter und nehmt euch nur das vor, was ihr ohnehin machen müsst und euch zumuten wollt. Genießt die Stille und bewundert die Natur, die im Winter etwas Magisches und Geheimnisvolles hat.

Häufig tun wir die richtigen Dinge nicht, weil wir uns fürchten, sie falsch zu machen. Die Konsequenz ist nicht selten, dass wir unter Druck geraten und die falschen Dinge dann in vollen Zügen machen. Ich habe inzwischen gelernt, dass es am klügsten ist, wenn man die richtigen Dinge so oft macht, bis sie dann irgendwann richtig sind, und sich lieber mal eine Auszeit gönnt, bevor man die falschen Aktivitäten vorantreibt, nur um irgendetwas gemacht, beziehungsweise sich abgelenkt zu haben. Sollten wir jedoch mal wieder eine der Handlungen vollzogen haben, von denen wir wissen, dass sie uns nicht dienlich sind, so suchen wir nach den Ursachen und verurteilen uns nicht. Wir hinterfragen uns auf neutrale Weise, was uns dazu verleitet hat. Meistens gewinnen wir eine Erkenntnis, die für unsere Zukunft von unschätzbarem Wert ist. Wir sollten im Winter einen Schmierzettel schreiben, in dem wir alles notieren, was an Erkenntnissen in uns hochkommt.

Wie schon erwähnt, ist der Winter die Jahreszeit der Besinnlichkeit.

Im Frühling sollten wir unseren Schmierzettel wieder herausholen und diesen in einen Planer für den Sommer transformieren.

Im Sommer angekommen, wird der Planer zur "To-Do-Liste".

Wenn man das einen Sommer lang durchgezogen hat und sieht, dass jede Zeit einen Zauber in sich hat, so liegt es nahe, dass man im Herbst den Ansporn hat, einen Strategieplan für die kommenden Jahre zu erstellen. Umso wichtiger ist es, dass man sich während der Nebensaison aufschreibt, was man alles geschafft und an Erkenntnissen gewonnen hat, so dass man im Winter nicht in die Falle der Negativität tappt.

Im folgenden Winter seid ihr schon im Geist gefestigter, und so wird aus dem Schmierzettel schon ein Notizzettel mit genauen Angaben darüber, was man in der Hauptsaison umsetzen möchte und wird.

Es bedarf womöglich einiger Jahre der Übung, doch baut man sich auf diese Weise die reelle Chance auf, dass das ganze Leben zu einem erfüllenden Wunschzettel wird. Doch bedenkt: das Leben ist vielfältig und abwechslungsreich! Es wird immer wieder neue Abenteuer aber auch Gruselgeschichten und Dramen schreiben. Die hohe Kunst liegt darin, niemals die geistige Schreibfeder aus der Hand zu verlieren, denn sie ist das Steuer des Lebens und nimmt immer wieder Kurs auf das Glück und die Freude im Leben, die da heißt „Liebe" und „Freiheit".

Abschließend ist festzuhalten, dass unter der Voraussetzung, dass die Eigenschaften „Liebe" und „Freiheit" das Wichtigste im Leben sind, wir zwar stets nach diesen zwei Dingen streben, aber oft nicht merken, wenn wir unbewusst genau ins Gegenteil rennen. Der Gewissheit, gemein Nutzen bringend zu handeln und dabei völlig den Moment zu erleben, kann uns davor bewahren.

Krallen und Mundwerk Elias

Elia steht in diesem Buch nicht für den männlichen Namen Elia oder Elias, sondern ist ein Eigenname und leitet sich aus den lateinischen Wörtern ab, die für Erfahrungen, Erkenntnisse, Liebe und Freiheit stehen. Dieses Werk konnte Elia nur schreiben, indem er anfing, das Leben mit all seinen Facetten zu akzeptieren und zu lernen, auf seine innere Stimme zu hören.

Einst war Elia ein ängstliches Wesen, welches sich vor jeglichen Erfahrungen scheute, ganz gleich ob gut oder schlecht, alles als Angriff und nicht als Erkenntnis wahrnahm, aus Angst vor Verletzbarkeit, die Liebe und Freiheit verwehrte. Seine Krallen waren scharf, und aus seinem Mundwerk kamen ausschließlich Worte, die nur dem Zwecke des scheinbaren Selbstschutzes dienten und nicht der Selbstverwirklichung.

Doch völlig erschöpft von den ewigen Kämpfen und dem Blick aus seinem Verlies, welches er sich selbst schuf, durfte er die Erfahrung machen, dass es da noch etwas gab, das seine bisherigen Vorstellungen sprengen sollte. Er begann, voller Freude und Dankbarkeit seine Erfahrungen zu sammeln und strebte stets das Ziel an, aus allem eine nützliche Erkenntnis für sich und andere zu gewinnen. Er bemerkte, dass sich sein Hass und seine Angst Stück für Stück auflösten. Je mehr sich Elia von seinen Ängsten und seinem Hass befreite, umso mehr stellte er fest, dass er immer dann die besten Entscheidungen traf, wenn sie von Liebe und Freiheit für ihn und alle anderen Lebewesen bestimmt waren.

Seine Krallen und sein Mundwerk, welche einst nur zur Verteidigung genutzt wurden, gestalteten sich in ein Gesamtwerk um, womit Elia fortan alle Bestandteile seines Lebens in etwas Schützendes, Herzliches und Entfaltendes umformte.

Ein lebensveränderndes Gespräch

Die wirklich guten Dinge im Leben sind die, die uns nicht immer als gut erscheinen. Sie sind reflektierend, holen uns auf den Boden zurück und geben uns eine Klarheit, die wir oft nicht greifen können, beziehungsweise wollen, weil es nicht in unsere bisherigen Glaubenssätze passen möchte. Ohnehin ist jede Veränderung ein riesiger Kraftaufwand für unser Gehirn. Wir reden also über Reflexion, Erdung und Klarheit? Wie kann es sein, dass solch positiv behafteten Worte in uns unangenehme Gefühle auslösen? Ganz einfach! Wir erleben im Laufe des Lebens Ereignisse, die wir in positiv und negativ, böse und gut einteilen. Das macht es uns schwer, diese neutral zu bewerten und sie in ihrer Ganzheit zu verstehen. Zuerst einmal muss man ganz klar sagen, dass Veränderung im Leben so wie wir es kennen, ein Naturgesetz ist, das Leben immer beide Seiten der Medaille kennenlernen und verstehen möchte. Die Theorie und die Praxis, das Innen und das Außen. Egal ob Sport, Meditation, eine gesunde Ernährungsweise oder das Erlernen neuer Fähigkeiten und Kenntnisse - wir wissen, dass dies alles gut für uns ist und unser Leben bereichert. Jedoch tun wir uns schwer damit, diese positiven Gewohnheiten in unser Leben zu integrieren und dauerhaft zu verfolgen. Stattdessen verpflanzen wir uns auf unser Sofa, hören und sehen mit Action und Dramatik beladene Musik und Filme und stopfen uns voll mit Lebensmitteln, die Gift für

Körper und Seele sind.

Lange lebte ich genau dieses Leben. Nach der Arbeit als selbständiger Architekt war ich froh, wenn ich abends das Licht im Büro ausmachen und mich auf's Sofa legen konnte. Den Fernseher angeschaltet konnte ich endlich entspannen. Na ja, Entspannung war es nicht wirklich. Eigentlich war es alles andere als Entspannung.

Es war Ablenkung von der Anspannung durch Anspannung. Als es mir gesundheitlich immer schlechter ging, habe ich einen Entschluss gefasst: ich entschied mich dazu, ein paar Tage Urlaub an der Ostsee zu machen.

Keine Unterlagen und kein Equipment von der Arbeit nahm ich mit. Nur das Nötigste wurde eingepackt. Geschlafen habe ich in meinem Bulli auf einem Campingplatz. Dort angekommen, erledigte ich zunächst alles Notwendige, sprich einchecken, einen kleinen Pavillon aus dem Auto räumen und das Fahrrad startbereit machen. Es folgte eine Fahrradtour am Strand. Am Abend noch den Grill angemacht und genüsslich ein Steak und ein Weizenbier genossen, ging ich früh ins Bett. Mit Gedanken vollgepackt lag ich noch eine Weile wach und blickte auf's Meer.

Am nächsten Morgen wachte ich so entspannt auf, wie schon seit Jahren nicht mehr. Zugegeben, in dem Bett zu Hause lag es sich eine ganze Ecke bequemer, aber der Duft vom Meer und das Vogelgezwitscher gaben mir ein absolutes Wohlbefinden.

Nachdem ich mich in aller Ruhe richtete und mein Frühstück gegessen hatte, setzte ich mich wieder auf mein Rad, um die Gegend etwas zu erkunden. Ich bewunderte die vielen Boote und Schiffe auf dem Meer, das fröhliche Treiben der Strandbesucher und die frechen Möwen, die keinen Halt davor machten, sowohl den Menschen, als auch kleinen und sogar großen Hunden das Essen zu klauen.

Als ich nach etwa 2 Stunden an einem kleinen Fischmarkt vorbeikam, entschied ich mich, dort kurz zu rasten. Ich stieg also vom Rad, schloss es an einem Fahrradständer mit dem Schloss ab, was ich mir noch auf der Fahrt zum Urlaubsort auf die Schnelle in einem Fahrradladen gekauft hatte und ging zu Fuß zu dem Fischmarkt.

Das Wetter war einfach herrlich. Es waren angenehme 24 Grad, und man spürte einen erfrischenden, aber nicht stürmischen Wind vom Meer kommend. Ich spähte zunächst die Gegend aus, wo ich mir jetzt am schnellsten an einer Bude einen Fisch kaufen konnte. Leider standen an allen Ständen gleich große Schlangen an Menschenmassen. Plötzlich fühlte ich, wie ich wieder in den Zustand versetzt war, den ich die letzten Jahre aushalten musste.

Ich hasste es aus Prinzip, auf etwas warten zu müssen und hatte Angst, nur am Stand angekommen zu sein, um mir dann sagen lassen zu müssen, dass leider alles ausverkauft sei. Letzteres war Gott sei Dank nicht der Fall, und als ich dann endlich an der Reihe war, bestellte ich mir, nachdem ich fast zehn Minuten die Ladentheke musterte, einen einfachen Backfisch im Brötchen. Ein paar Servietten und einen Pappteller mitgenommen, ging ich dann mit meinem Essen zu einer Sitzbank am Strand.

Dort saß bereits ein älterer Herr, und so bat ich um Erlaubnis, mich neben ihn zu setzen. Mit rauer Stimme, aber herzlich und aufgeschlossen, lud er mich ein, mich zu ihm zu gesellen.

Gleich unsere erste Begegnung ließ tausend Gedanken in mir aufkommen. Ich war es gewohnt, mit überaus höflichen und netten Worten, jedoch immer mit einer gehörigen Portion Skepsis und Reserviertheit auf meine Mitmenschen zuzugehen. Nicht so dieser Herr; er war anders als ich und auch anders als alle anderen, mit denen ich mich tagtäglich umgab. Er strahlte Ruhe, Zentriertheit und Zufriedenheit aus. Während ich mich bemühte, die richtigen Worte zu finden, entgegnete er mir nur mit kurzen Gesten. Gesten, die etwas plump erschienen, aber andererseits eine herzliche und ernstgemeinte Wirkung auf mich hatten. Offen gesagt bediente ich mich nicht selten großer Rhetorik, um einschüchternd zu wirken, damit ich Gesprächen bloß aus dem Weg gehen konnte. Ich biss in mein Brötchen, blickte entspannt auf's Wasser und machte noch eine Bemerkung „wie herrlich es hier doch sei", mit dem Ziel, dass man mir meine Anspannung nicht anmerkte. Zurück kam nur ein kurzes Nicken und „Mhmh".

Es folgten ein paar Minuten Stille, als der alte Mann mich dann plötzlich fragte „Wovor hast du Angst, mein Junge"?

Ich war auf einen Schlag völlig perplex. Wie konnte der Mann wissen, dass ich eigentlich nur aus Ängsten bestand? Und überhaupt, was sollte es, dass mich eine fremde Person gleich duzte. Das war in meiner Welt nun gar nicht üblich. Und mal ganz ehrlich, „mein Junge"? Also, auch wenn der Herr schätzungsweise schon lange die Siebzig überschritten hatte und ich erst vor Kurzem meinen Vierzigsten hatte, so darf ich doch wohl sehr bitten. Aber gut, ich versuchte mir meinen Ärger nicht anmerken zu lassen und angemessen auf seine Frage zu antworten.

Auch wenn ich vorhatte, mit Gegenwehr zu antworten, so konnte ich es doch nicht. Das einzige, was mir einleuchtend erschien, war der Satz „Wie bitte, ich verstehe nicht, was Sie damit meinen?"

„Ich heiße Bosse und würde es bevorzugen, wenn wir uns duzen. Sagst du mir deinen Namen?", war seine Antwort.

Obwohl mir etwas mulmig war, ließ ich mich doch darauf ein und war gespannt, was Bosse mir mitzuteilen hatte.

Bosse: „Lass mich raten. Als du das Fischbrötchen eben

am Stand geholt hast, hast du dich, noch bevor du an der Reihe warst, das erste Mal geärgert, weil eine riesige Schlange vor dir war. Du meidest Menschen, obwohl du sie zugleich brauchst, damit du Bestätigung bekommst, wie toll du alles machst. Und wehe dem, der mal etwas kritisieren würde. Gleichzeitig kannst du aber auch nicht damit umgehen, wenn man dich lobt und wertschätzt. Alles was du tust, dein Job, deine Hobbys und Sportarten - in allem siehst du nur eines: Erledigungen, die abgehakt werden müssen."

Nachdenklich fragte ich mich, wer ist das, dass er so mit mir redet. Nein jetzt ehrlich. Das dachte ich nicht. Ich dachte „Shit! Wer ist der Typ, der all das in mir kannte?"

Bosse: „Als du mich sahst und ich dich aufforderte, dich zu setzen, hast du bestimmt gedacht, dass ich zwar höflich, doch sehr primitiv sei, nicht wahr?"

Ich wollte etwas sagen, aber da unterbrach mich der Alte schon und fuhr fort.

„Lerne die Dinge ihrer selbst wegen zu tun, und dein nächster Urlaub wird auch einer werden und keine Flucht."

Auch über diesen Satz war ich etwas verdutzt, aber es leuchtete mir ein, dass wir uns in einem Urlaubsgebiet befanden und er sich daher denken konnte, dass ich Tourist sei.

Bosse: „Du wurdest darauf trainiert, in allem nur

Leistung zu sehen und alles danach zu unterscheiden, was Sinn macht und was nicht. Da stellt sich mir die Frage, ob nicht alles auf eine gewisse Art und Weise im Leben Sinn ergibt, nicht wahr mein Junge? Das, was du gerade durchlebst, erleben viele Menschen. Es ist allgegenwärtig. Vielleicht kann ich dir ja helfen, all das in etwas Positives umzuwandeln. Erzähle mir ein wenig von dir, was machst du beruflich, welchen Sport teibst du, welche Hobbys verfolgst du? Hast du Familie?"

Ich: „Ich bin vor kurzem 40 Jahre alt geworden. Ich wohne mit meiner zwei Jahre jüngeren Frau und meinem 15 jährigen Sohn in einem Einfamilienhaus in Darmstadt. Ich bin tatsächlich recht früh Vater geworden. Meine Frau ist unzufrieden damit, dass ich zu wenig Zeit für die Familie habe. Gleichzeitig fordert sie von mir, dass ich den Lebensstandard, den ich für uns bereitstelle, aufrecht erhalte. Mein Sohn ist einerseits verwöhnt, also auf der materiellen Ebene, andererseits macht es sich bemerkbar, dass ich viel zu selten für ihn da war. Das zeigt er immer wieder durch Wut und Trotz mir gegenüber.

Direkt an meinem Haus ist mein Architektenbüro, das ich mit einem Partner und 20 Angestellten betreibe. Finanziell läuft es gut, jedoch raubt es mir all meine Zeit und Nerven. Ich spiele Tennis und Schach, jeweils zweimal in der Woche. Ich mag beides, jedoch reizt mich nichts so wirklich, sodass ich ein Jahr dem einen mehr Beachtung gebe, ein Jahr dem anderen. Für beides habe ich den Ehrgeiz, mich nach oben zu kämpfen, aber wer hat schon die Zeit dafür, und so bleibt es am Ende immer bei Vereinsmeisterschaften.

Als ich durch den Geschäftspartner einer anderen Firma, mit der wir oft Projekte abwickeln, auf das Thema „Fokus durch Meditation" stieß, hielt ich das für absoluten Blödsinn. Überhaupt lehnte ich alles ab, was ins Spirituelle ging. Das liegt wohl daran, dass ich in einer streng katholischen Familie aufgewachsen bin. Als ich mir dann aber den Titel nochmal genau durchlas, wurde ich neugierig. Schließlich ging es ja darum mehr Fokus zu erlangen und nicht darum, sein Zentrum zu finden oder anderen Nonsens. Und einen neuen Fokus konnte ich damals gut gebrauchen, weil nichts mehr bei mir rund lief.

Kurzum, ich meldete mich also bei diesem Kurs an und machte es einmal die Woche. Es hielt, was es versprach. Manchmal war es so, dass ich dadurch in eine Art tieferen Gemütszustand gelangte. Ich kann es nicht genau beschreiben und will es auch gar nicht. Es ist bestimmt einfach auch heute noch dann ein Punkt erreicht, ab dem ich müde werde. Lustigerweise ist es aber immer so, dass ich, wenn ich diesen Punkt erreicht habe und meine Augen wieder öffne, eine enorme Kraft und Klarheit verspüre. Aber gut, bestimmt nur alles Einbildung.

Ich ernähre mich seit einiger Zeit vegan. Naja, eigentlich nicht. Ich fing damit vor gut zwei Jahren an. Einige meiner Mitarbeiter inklusive meines Geschäftspartners wurden von heute auf morgen zu Veganern und erzählten nur noch, wie fit und vital sie sich seit der Ernährungsumstellung fühlten. Einen Gewichtsverlust sah man auch.

Jedoch ehrlich gesagt ist es so, dass ich üblicherweise nur in Gesellschaft zu 100 Prozent vegan esse. Bei der Arbeit im Büro, vollgepackt mit Projekten, nasche ich ständig Süßigkeiten. Wenn es später am Abend wird, was meistens der Fall ist, wird Fast Food bestellt.

Ich erstelle mir immer am 30.12. eines jeden Jahres einen Planer für das kommende Jahr. Die Hauptziele sind, eine neue Sprache zu erlernen, den Gewinn zu maximieren und die neuesten branchenspezifischen Kenntnisse und Fähigkeiten zu erlangen. Dabei muss ich zu Letzterem sagen, dass aufgrund von Zeitmangel die das meiste gar nicht angewandt und umgesetzt wird."

Bosse: „Du wirst es mir nicht glauben, aber ich verstehe deine Geschichte voll und ganz. Ich lebte genau dieses Leben, von welchem du mir gerade erzählt hast. Ich hatte eine große Anwaltskanzlei mit mehreren Partnern in Berlin. Zig Angestellte, sowohl im Betrieb als auch privat, und man las mir jeden Wunsch von den Lippen ab, solange ich dafür liquide genug war. Ich hatte eine Frau und eine Tochter, und wir wohnten in einer großen Villa. Meine Frau brauchte nicht zu arbeiten, und meine Tochter wurde jeden Morgen von meinem Chauffeur in die Schule gefahren. Wir führten ein großartiges Leben, so dachten wir. Jedoch hat bekanntlich alles seinen Preis. Der Stress, wie du ihn auch kennst, mein Junge, führten bei mir zu großen körperlichen und psychischen Schwierigkeiten. Ich wurde einerseits immer labiler und andererseits ein richtiger Choleriker. Labil gegenüber meiner Arbeit und cholerisch gegenüber der Familie. Ohnehin war ich nie für meine Frau und meine Tochter da. In ihrer Kindheit war es noch nicht so tragisch, da sie bei Laune gehalten wurde, durch die vielen Geschenke und Erlebnisse, die ich ihr finanziell problemlos ermöglichen konnte. Aber als Jugendliche fing sie an zu reflektieren, und ihr fiel auf, dass sie ja so gut wie nie etwas von ihrem Vater gehabt hatte. Sie verfiel in eine Depression und begann Drogen zu nehmen. Leider ist sie eines Tages an einer Überdosis gestorben. Daraufhin nahm sich meine Frau einige Monate später das Leben, weil sie den Schmerz nicht mehr aushalten konnte.

Ich sage dir, mein Junge, gehe heim und nutze deine Chance, dein Leben umzukrempeln! Verbringe Zeit mit deinen Liebsten!

Als ich dann völlig alleine dastand, hielt ich es zu Hause nicht mehr aus. Ich verkaufte die Villa und zog hier in den Norden in ein kleines Haus. Ich lebe von dem Ersparten und von dem Verkauf der Villa, was absolut reicht, um hier ein bescheidenes Leben führen zu können.

Auch wenn ich lange Zeit trauerte und in Selbstmitleid und -hass verfiel, so habe ich es inzwischen geschafft, neuen Mut zu fassen und ein viel besseres Leben zu führen, als ich es damals tat.

Eine meiner Lieblings- und Hauptbeschäftigungen ist es, Menschen wie dir zu zeigen, wie sie dem Leben eine neue Wertigkeit geben können. Entweder kommen sie auf mich zu oder ich sehe, dass jemand ein Gespräch benötigt und geselle mich zu ihm. Du, mein Freund, hast dich zu mir auf die Bank gesellt. Das ist gut, nein, sogar sehr gut! Es zeigt, dass du schon vorhattest einen Lebensumbruch in Angriff zu nehmen und du nach Lösungen gesucht hast, wie du dies umsetzten kannst."

Mein Kopf schwirrte. Einerseits sagte mir der Verstand, dass das alles zu fantastisch war, was Bosse da von sich gab, andererseits konnte ich ihm nicht widersprechen.

Bosse: „Wenn du nach Hause kommst, versprich mir, dass du dich gedanklich darauf konzentrierst, gern Architekt zu sein, weil du es liebst, Häuser zu errichten und zu gestalten. Wenn du Sport machst, dann spüre die Anstrengung, und wenn du Zeit mit deiner Familie verbringst, dann deshalb, weil du es aus tiefstem Herzen heraus machst und nicht, um deinen Eltern und ihrem festgefahrenen Erziehungsstil zu trotzen, indem du ihnen zeigst, dass du alles anders machst."

Der letzte Satz von Bosse, in dem er meine Familie erwähnte, traf mich stark. Es war einerseits kaum auszuhalten, andererseits fühlte es sich so an, als würde sich wortwörtlich ein Knoten in mir lösen.

Nachdem ich mich bei Bosse für dieses atemberaubende Gespräch bedankt hatte und wieder zu meinem Bulli geradelt war, blieb ich noch zwei Tage, schwamm ein wenig im Meer und dachte über das Treffen nach und darüber, wie ich seine Tipps für ein erfüllteres Leben zu Hause anwenden sollte. Je weniger ich mein neues Leben plante und mich einfach nur auf mein Zuhause freute, um so glücklicher wurde ich. Es war, als würde ein Wunder geschehen. Schon bevor ich mich überhaupt auf den Heimweg machte, riefen mich meine Frau und mein Sohn an, erkundigten sich nach mir und klangen sehr glücklich dabei. Das war ich nicht mehr gewohnt, denn wir führten schon lange eine distanzierte Beziehung, die sich auf das Notwendigste beschränkte. Wahrhafte Freude, so wie ich sie am Telefon erlebte, erfuhren wir über Jahre nicht mehr.

Daheim angekommen, stellte ich meine Bedürfnisse zurück und fragte meine beiden Liebsten, wie denn die letzte Zeit bei ihnen gewesen war und was es alles zu berichten gab. Ich möchte euch nicht mit Einzelheiten überhäufen, aber eines sei euch gesagt: den nächsten Urlaub verbrachten wir zu dritt und hatten eine wahnsinnig schöne Zeit. Sowohl im Urlaub, als auch davor.

Der Vogel, den niemand wollte

Kennen Sie folgende Situation? Sie haben etwas erschaffen, denken, dass es gut und richtig ist, und dann sagt ihnen jemand, dass es verkehrt sei. Dies nur, weil es nicht einer vordefinierten Norm entspricht, und selbst, wenn die kritisierende Person ein verstecktes Talent in dem sieht, was Sie erschaffen haben. Wenn Sie das als Kind erleben, hat es womöglich Auswirkungen auf Ihr gesamtes Leben. Ob die negativen Auswirkungen auch negativ bleiben oder ob Sie etwas Positives, Nutzvolles daraus ziehen, liegt an Ihnen. Und genau darum soll es in dieser Geschichte gehen.

Mein Name ist Hendrik, Hendrik Schmidt. Ich bin 40 Jahre und wohne als erfolgreicher Künstler in meiner Villa in Monaco. Weitere Anwesen besitze ich am Tegernsee, in Spanien und einige andere auf der ganzen Welt verteilt. Ich bin kein klassischer Künstler im eigentlichen Sinn. Ich habe nicht studiert oder eine Kunstschule besucht.

Ob man mich als Künstler bezeichnen kann, das soll jeder für sich selbst entscheiden. Mir wurde im Laufe meines Lebens zugetragen, dass ich eine künstlerische Ader besäße, andere Stimmen verlauteten, ich hätte keinerlei motorische Fähigkeiten. In der Schule wurde Kunst zu einem meiner Hassfächer. Meine Kreativität erstickte vorerst im Keim.

Ich muss etwa fünf Jahre alt gewesen sein, als man ein Bild, welches ich malte, als falsch darstellte. Es zeigte einen Vogel, so wie ich ihn wahrnahm und noch heute wahrnehme. Ein Tier mit einem Schnabel, Gefieder und Krallen. Es war für mich einfach nicht zu begreifen, warum ich, wenn ich ein Vogel malen möchte, ein „komisches M" am Himmel malen sollte. Selbst die Kindergärtnerin, die das Bild bemängelte, sagte meiner Mutter noch, sie sei erstaunt, wie perspektivisch ich beobachte und denke. Aber es nützte nichts, es gab eine gewisse Vorstellung, wie man einen Vogel zu malen hatte, und somit wurde sich daran auch gehalten. Basta.

Dies führte dazu, dass ich immer das Gefühl hatte, ich mache etwas falsch, wenn ich einen Vogel malte. Meine innere Auffassung widersprach einfach dem, was man mir versucht hatte beizubringen. Diese Sachlage sollte mich im Nachhinein noch sehr prägen. Ich bekam dadurch panische Angst vor praktischen Arbeiten.

Einige Jahre verstrichen, bis ich Gelegenheiten nutzte, um kreativ und handwerklich aktiv zu werden. Als eine begnadete Künstlerin mir in einer „Kreativ-Werk-statt" sagte, dass ich „sehr kreativ sei", wusste ich nicht, wie ich damit umgehen sollte. Ich schmunzelte. Zugleich aber warf es mein ganzes Selbstbild um und stärkte es zugleich.

Als ich dieses für mich unerklärliche und fast schon unglaubwürdige Kompliment bekam, war ich gerade einunddreißig Jahre alt. Mit Achtzehn hatte ich das Abitur in der Tasche. Es folgten drei Jahre Bachelor-Studiengang und zwei Jahre für den Master. Mit Dreiundzwanzig wurde ich bei einer großen Spedition angenommen, in der ich mich bis zu meinem dreißigsten Lebensjahr in eine recht hohe und verantwortungsvolle Position hocharbeitete. Besser gesagt, hoch *gekämpft* hatte. So war ich ja von klein auf geschult. Da ich ja angeblich kein Talent besaß und eher etwas tollpatschig sei, bedurfte es krankhaften Ehrgeizes. Ich war fanatisch, ehrgeizig und blind.

Diese Lebensweise sowie mein damaliges Mindset, führten unweigerlich zu gesundheitlichen Problemen. Körperliche und psychische. So kam ich also in eine Klinik für Psychosomatik. Dort sollte ich den Impuls für einen neuen Lebensweg bekommen. Es folgten Wochen von Therapien und sonstigen Anwendungen mit fest ver-ordneten Behandlungen und Kursen, bei denen man es sich aussuchen konnte, an welchen man teilnehmen mochte. Meine waren Skatspielen, verschiedene sport-liche Aktivitäten und eine Gruppe zum Werken. Eben Interessen, die für einen gestandenen Mann üblich sind. So war zumindest meine damalige Denkweise. Als ich eine Vase im Schaufenster der Werkstatt betrachtete, kam ich plötzlich auf den Geschmack, selbst so ein Kunst-werk herzustellen. Das konnte ich nicht frei erzählen und meinen Wunsch äußern, mich selbst künstlerisch so zu betätigen. Dazu kam die Angst, dass mein Exemplar unschön und talentfrei aussehen könnte.

Ich verließ also unzufrieden die Werkstatt und setzte mich am Abend noch mit ein paar Männern an die Theke der Kneipe, die nur einige Meter von der Klinik entfernt war. Wie es zu erwarten war, redeten wir darüber, dass das alles doch nichts bringe und dass besonders die Angebote im Kunstbereich totaler Quatsch seien. Dabei merkte ich unterbewusst schon, dass ich mich von diesem starren Denken löste.

Als ich eine Woche später dann wieder in der Werkstatt war, bemerkte die Kursleiterin, wie sich immer wieder meine Aufmerksamkeit auf die Vase richtete. Es kam, wie es kommen musste, und sie sprach mich an, ob ich nicht auch mal Lust hätte, auch so etwas zu erschaffen. Ich weiß nicht warum, aber irgendetwas hatte diese Dame an sich, sodass man bei ihr schlecht Nein sagen konnte.

Anstatt also an meinem Modellauto aus Holz weiter-zuarbeiten, ließ ich mir erklären, wie man die Vase herrichtet und arbeitete schließlich selbstständig daran. Etwas Besseres hätte mir nicht passieren können...

Nachdem die Farbe aufgearbeitet war, musste nun mein Kunststück in den Ofen. Dies hieß für mich, eine Woche auf das Ergebnis warten. Warten war nicht mein Ding...

Die grauenvolle Woche verging, und ich durfte das End-ergebnis meiner Vase sehen. Ich glaube, so erfreut war ich schon etliche Jahre nicht mehr. Der Ehrgeiz und die

Euphorie packten mich so sehr, dass ich seitdem ein Kunstwerk nach dem anderen kreiere. Nicht immer perfekt, aber immer mit meiner eigenen Note.

All das entwickelte sich so stark, dass ich eine Künstler-agentur gründete und diese läuft wirtschaftlich hervor-ragend. Aus einem „ich muss arbeiten", wurde ein „ich darf arbeiten". Dem alten Job ging ich zunächst erst nur noch 80%, dann nur noch halbtags und schließlich gar nicht mehr nach.

Was so eine Aussage in der Kindheit alles bewirken kann?! Aus einem Negativpunkt wurde ein positiver und entwickelte sich zu meiner Berufung.

Ich wünsche Ihnen, dass Sie diesen Zauber in Ihrem Leben finden werden. Beachten Sie, dass es dabei nicht immer nur um Ihren Job gehen muss. Darum ging es bei mir ja auch nicht. Ich kündigte ja nicht meinen Job mit der festen Gewissheit, ein erfolgreicher Künstler zu werden.

Ihr
Hendrik Schmidt

PS: Das alte Bild von dem Vogel ist mittlerweile das Logo meiner Firma, und ich erhalte regelmäßig coole Komplimente für ihn.

Der Pilot, der Philosoph werden wollte

Mein Name ist Jonas Becker. Ich war Pilot. Ich könnte Ihnen jetzt davon erzählen, wie alt ich bin, welchen Hobbys ich nachgehe, dass ich die besten Unis der Welt besucht und alles immer mit Bestnoten abgeschlossen hatte. Ich könnte Ihnen von all den Ländern, Luxushotels, und den bezaubernden Momenten mit unglaublich schönen Frauen erzählen. Aber was bringt es Ihnen oder gar mir?

Nein, ich erzähle Ihnen davon, was ich ganz tief im Herzen schon immer war. Ein Talent von mir, das ich lange außer Acht gelassen habe, teilweise davor weggerannt bin und zeitweise mich zum Gegenteil entwickelte.

Ich liebte es schon immer, mit Menschen über Gott und die Welt zu philosophieren. Zu philosophieren, nicht zu diskutieren, wohlgemerkt.

Man kann sagen, ich wollte wissen „wie die Flüsse fließen".

Das Problem war, niemand konnte mit dieser Eigenschaft etwas anfangen oder wollte es einfach nicht.

Man sagte mir, ich sollte doch bitte „normale Gespräche" führen. Über Fußball reden, über die Politik und andere weltliche Belanglosigkeiten.

Verstehen Sie mich bitte nicht falsch: ich habe Respekt vor jeder Sportart und bewundere jeden Menschen, der sich dazu begeistern kann. Sowohl als Fan, als auch als Sportler. Selbstverständlich ist mir bewusst, wie wichtig ein gut funktionierendes politisches System für eine Gesellschaft, für die Menschheit ist.

Jedoch hat mich schon immer etwas daran gestört. Es ist der Umgang mit diesen Themen. Dass es mich gestört hat, ist eigentlich so nicht ganz richtig. Vielmehr ist es so, dass es mich nicht zufriedenstellte. Ich denke, es fehlt an Tiefsinn. Wir beurteilen alles, statt uns damit wirklich zu beschäftigen, wie es dazu kam und was wir Gutes aus der Situation herausziehen können. Wie schon erwähnt, hatte mein Können, das „Philosophieren", vorerst keine guten Erfolgsaussichten. Zum Teil, weil es von meinem Umfeld signalisiert wurde, aber auch, weil ich selbst nicht daran glaubte. Letzteres ironischerweise immer dann, wenn mir mein Umfeld signalisierte, ich sollte doch dringend meine Begabung noch weiter ausbauen. Entschuldigen Sie bitte den Ausdruck, aber ich ging den Leuten oft wirklich auf den Sack, weil ich noch Fragen stellte, als sie schon zumachten. Gleichzeitig verstand ich nichts von Logik, und alles musste mir doppelt und dreifach erklärt werden. Sie haben richtig gehört, ein Pilot, dem Logik immer schwerfiel - das war ich!

An anderen Tagen wiederum, besonders ab der Jugend, als es losging mit dem Alkohol, war ich dann plötzlich sehr gefragt. Ab dem dritten Bier wurden die meisten locker, ab dem fünften und vierten Kurzen melancholisch und/oder aggressiv. Meine Fähigkeit, über menschliche Themen, also über die Themen, die ins Herz gehen, nachzudenken und erstklassige Ansätze zu liefern, wurde zu meiner Stärke, meiner Magie und nicht selten zur Waffe. An der Theke, aber besonders in meiner späteren Pilotenkarriere. Jedoch sollte das nicht immer so bleiben. Und dafür bin ich heute dankbar, auch wenn es mich viel Kraft und Zeit gekostet hat, dies zu verstehen.

Übrigens ist es Unfug, wenn ich sage, dass ich Ihnen nichts von meinem Leben als Pilot erzählen muss, weil es irrelevant sei! Ich muss Ihnen von allen Lebensabschnitten erzählen, damit Ihnen klar wird, was dieser Text Ihnen sagen möchte. Alle Abschnitte und Phasen meines Lebens gehören zu mir, waren zu gegebener Zeit von Bedeutung und ergeben einen Sinn.

Also machen Sie sich bereit für eine Reise, die voller Gegensätze steckt.

Schon früh konstatierte man, dass ich Fragen stellte, die sonst niemand aufwarf. Ich hatte ein Einfühlungsvermögen, das man durchaus als Röntgengerät für die Gefühlswelt bezeichnen konnte. Es war Fluch und Segen zugleich. Zumindest über eine lange Zeit. Inzwischen empfinde ich es nur noch als ein Segen.

Meine sehr sensible und feinfühlige Art sowie meine Eloquenz sind ein Werkzeug, mit dem ich lernen musste umzugehen. In den ersten zehn Jahren brachte es mir Ärger und Frust. Alles wurde darauf ausgelegt, dass man Fähigkeiten wie logisches Denken, räumliche Vorstellungskraft und Feinmotorik besaß. Alles Dinge, bei denen ich mich schwertat! Selbst das Essen mit Messer und Gabel war für mich eine echte Herausforderung. Das sollte eigentlich immer so bleiben, nur entwickelte ich mit der Zeit ein Gespür dafür, zu erkennen, was andere gut konnten. Was ich nicht konnte, erledigte sich fortan von selbst. Ein paar einfühlende Worte und Schwächen wurden zu meinen Stärken und das oft, ohne dass ich selbst dafür etwas tun musste. Ich fühlte mich großartig. Einfühlungsvermögen und die Redegwandtheit halfen mir auf eine Art und Weise, die Sie sich nicht vorstellen können. Mir wurden Aufgaben, Positionen und Verantwortlichkeiten übertragen, von denen ich, zugegeben, gar keine Ahnung und nicht die notwendige Kompetenz und Intelligenz besaß.

Zumindest dachte ich immer, dass ich für das, was ich tue, überhaupt nicht geeignet bin, während mein Umfeld glaubte, *dass* ich es bin. Gleichzeitig verlangte ich mir alles ab. Die Personen, denen ich es beweisen wollte, glaubten auch erst an mich. Doch das war mir selbst nicht bewusst oder ich dachte, dass sie nur an mich glaubten, weil ich meine magischen Kräfte einsetzte und diese später nachließen. Was dann auch meistens der Fall war. Ein verrücktes Spiel begann. Meine Verpackung wurde immer größer und imposanter, doch der Inhalt der

Verpackung verschwand zunehmend. In der Regel war es so: ich überzeugte, kam vorerst weiter, musste mein Können beweisen, stellte bedauerlicherweise fest, dass ich einige wichtige Landeplätze überflogen hatte - Airport Selbstvertrauen, Airport Selbsterkenntnis und Airport Selbstliebe - und dann, wo mir die wichtigen Kenntnisse fehlten, die ich an den verschiedenen elementaren Zwischenstopps abholen sollte, kamen auf einmal wieder große Zweifel auf. Diese spiegelten sich natürlich im Außen wieder.

Die, die mir zuvor nahezu alles zutrauten, waren enttäuscht oder wütend und schätzten meine Intelligenz so schlecht ein, dass ich selbst mir sagte, „So dumm bin ich aber auch wiederum nicht".

Heute weiß ich, dass das daran lag, dass ich diese Haltung über mich selbst auf mich und mein Umfeld projizierte. Selbst (oder besser gesagt: gerade!) in Zeiten der totalen Selbstüberschätzung, war mein Selbstvertrauen wortwörtlich im Keller. Ferner weiß ich aber nun auch, dass ich die frühere negative Art zu leben ins Positive umwandeln kann. Ich habe gelernt, wie ich die enorme Energie, die ich damals für meinen krankhaften Ehrgeiz aufbrachte, für nutzvolle, nachhaltige Projekte, bei denen mein Wirken auch nachhaltig ist, anwenden kann. Damalige Projekte, eigentlich jegliches Tun in meinem Leben, dienten nur dem Zweck, schnell von A nach B zu kommen, ohne dass jemand merkte, dass ich Angst vor jeder Aufgabe im Leben hatte.

Weiter lernte ich, dass meine Eloquenz nicht dazu dienen soll, psychologische Kriege zu gewinnen oder mich vor Konfrontation und Verletzlichkeit zu bewahren. Im Gegenteil: heute bemühe ich mich, sie einzusetzen, um mir selbst und anderen die Saat zu schenken, der es zum Wachsen bedarf.

Inzwischen bin ich Rentner und darf Ihnen mitteilen, dass ich kurz vor meiner Rente eine Gruppe gegründet habe, in der ich mit den verschiedensten Menschen künstlerische Projekte gestalte, die dazu dienen sollen, komplexe Sachverhalte des Lebens besser zu verstehen.

Der Kreativität sind keine Grenzen gesetzt. Jeder bringt sich so ein, wie er es am besten kann. Der eine malt, der andere schreibt oder rechnet. Selbstverständlich erkundigt sich jeder bei dem anderen, was er gerade macht und wie er es macht. Sie können sich sicher denken, dass das Texten meine Hauptbeschäftigung ist, aber auch praktische Tätigkeiten und jene, welche mathematisches Denken abverlangen, verfolge ich heute mit größter Freude.

Vielen Dank!

Der Griff nach den Sternen

Wir wollen hoch hinaus, bis zum Himmel hinauf, wollen auf den Wolken schweben und nach den Sternen greifen, doch in Wahrheit kommen wir aus der Hölle nicht heraus, die wir uns selbst schufen. Nach außen hart wie ein Löwe, doch in unserem Innern eine nach Hilfe schreiende Möwe.

Wir büffeln uns durch den Alltag und überschütten uns mit Energiefressern. Halten es für nötig, doch gehen wir in uns, wissen wir, es ist anders möglich.

Wir sind voll feiner Charakterzüge, doch sind diese leider nicht genügend gefestigt, und trifft man uns auf dem falschen Fuß, dann entwickeln wir plötzlich den Zorn von einem Nashorn.

Wir sind Herdentiere wie Elefanten. Hilfsbereit, mitfühlend und sanftmütig. Das sind unsere Stärken, aber wir können nicht mit diesen umgehen und treten deswegen mit unseren großen Hufen um uns.

Wir suchen wie ein Tiger die Bewunderung und das Abenteuer, doch ist uns etwas nicht ganz geheuer, dann entsteht daraus schnell eine Paranoia. So ein Ungeheuer. Der Preis dafür, viel zu teuer.

Der Griff nach den Sternen - nichts, was wir von außen kaufen können. Nichts, was wir nach außen wahrhaft verkaufen können, ohne dass es zuvor unser „Ich" zerfranst.

Nun sind wir von den Ereignissen zerfranst, doch jagen wie ein Löwe nach neuen Erkenntnissen und büffeln uns aus dem Tal des Egos heraus. Schützend und mitfühlend wie ein Elefant, als kontrolliert aggressives Nashorn brechen wir auf, wie ein Tiger, ganz elegant!

Jetzt sind wir wieder an Bord, und uns ist bewusst, nur ein Löwe, der sich, sein Umfeld und jeden Moment zu schätzen weiß, ist der König des Dschungels. Des Dschungels im Geist, in dem wir selbst entscheiden, ob wir in ihm atemberaubende Pflanzen und Tiere antreffen oder ob in ihm böse Kreaturen lauern, die uns Stück für Stück zerfressen.

Wir üben unseren Geist und entwickeln ein Gedächtnis wie ein Elefant, jedoch behandeln wir alles als Erkenntnis und nicht als endgültiges Ergebnis. Das Ergebnis von gestern, ist die heutige Erkenntnis und wird morgen zu einem großartigen Erlebnis.

Der Brunnen des Lebens

Ich sitze im Stadtpark und betrachte den künstlich angelegten Brunnen. Er zeigt abwechselnde Wasserfontänen, welche sich in ihrer Intensität und Richtung unterscheiden. Der Brunnen hat drei Wasserhähne. Einer davon befindet sich in der Mitte und zwei um ihn herum. Der in der Mitte hat ein Herz als Endstück, der links daneben etwas, das sehr wahrscheinlich einem Gehirn ähneln soll, und der dritte Hahn zeigt ein kleines Männlein mit einem dicken Bäuchlein, aus dem das Wasser sprudelt. Der in der Mitte ist höher gestellt als die beiden anderen, die links und rechts um ihn herumstehen. Doch das ist nicht immer so, denn der Brunnen zeigt ein Wasserspiel: die Wasserstrahlen landen in einem Ring, welcher um die Hähne herumgeht. Doch sind in diesem Wasserbecken auch jeweils drei Düsen angebracht, welche so positioniert sind, dass sie Wasserstrahlen wieder an die Hähne zurückstrahlen können.

Das Wasserspiel beginnt, indem der Hahn in der Mitte kräftig zu sprudeln beginnt. Kurz danach schaltet sich links daneben der Hahn ein, welcher ebenfalls mit voller Kraft einen Strahl erzeugt. Doch ist das Endstück dieses Hahnes im Innern offensichtlich mit mehreren Zwischenteilen bestückt, denn dieser zeigt keinen einzelnen Strahl, sondern er teilt sich auf in mehrere. Zum Schluss, aber mit einer längeren Pause, schaltet sich der dritte Hahn an. Dieser erzeugt zwar einen gleichmäßigen, doch eher schwachen Strahl.

Im zweiten Teil des Wasserspieles ist deutlich zu sehen, dass der Hahn, welcher das Herz als Endstück hat, nur sehr schwach Wasser abgibt. Dafür nimmt der Hahn, welcher das Gehirn als Endstück hat und aus dem viele kleine Strahlen entspringen, an Fahrt auf. Ebenso der Hahn mit dem kleinen dicken Männchen als Endstück.

Im dritten Durchgang wirft der Ring das Wasser zurück auf die Hähne, und alles plätschert nach außen. Beim vierten Ablauf scheint es dann so, als würde alles miteinander kommunizieren. Der Hahn in der Mitte wirft einen starken Strahl nach außen und bekommt einen sanften und gleichmäßigen Strahl zurück. Der Strahl ist so fein, dass das Wasser wieder in das Herzstück zurückfindet. Ebenso geht es weiter mit den beiden Hähnen, die aussehen wie ein Gehirn und das Bäuchlein eines dicken Mannes. Das Finale des Wasserspieles besteht darin, dass die drei Hähne gleichmäßig nach außen strahlen, und der Ring drei Wasserstrahlen zeigt, welche sich über die drei Hähne vereinen. Zum Schluss fahren die beiden äußeren Hähne nach oben und alle drei sind auf einer Ebene.

Mir kommt der Gedanke, dass dieser Brunnen etwas ganz Wesentliches in unserem Leben widerspiegelt.

Wir werden geboren, entwickeln uns und möchten einfach das Leben leben. Unser Herz schlägt also in vollem Gange. Dann lernen wir mit unserer Umwelt zu kommunizieren. Viele Einflüsse, Meinungen und Ratschläge prasseln auf uns ein. Wir beginnen, unsere ersten eigenen Erfahrungen zu machen und entwickeln somit das sogenannte Bauchgefühl. Wir empfinden immer mehr Interesse an dem Äußeren, vor allem an den Meinungen von den Menschen, die uns begrüßen. Nachdem man uns vor all den Gefahren des Lebens gewarnt hat und wir unsere ersten Misserfolge durchlebt haben, wächst unser Bauchgefühl heran. Wir werden immer stärker abhängig von äußeren Faktoren. Unsere bisherigen Erfahrungen lassen uns glauben, die Vorsicht sei wichtiger als die Freiheit im Leben. In der dritten Phase wird das Äußere immer stärker. Unser Herz verliert beinahe seine Daseinsberechtigung, unser intellektuelles Wissen wird so riesig, dass wir die Dinge nur noch auswendig wissen, aber das Wie und Warum verloren geht. Das Bauchgefühl gleicht einem Zuschauer in einer Zaubershow, wobei der Magier sich dunkler Magie bedient und die Aufmerksamkeit nur auf das Schlechte lenkt.

Gehen wir über zur vierten Phase und bleiben bei dem Beispiel mit dem Zauberstück. Je länger wir in der Show sitzen bleiben und je häufiger wir auch das Stück gesehen haben, desto mehr stellen wir fest, dass wir die anderen Male etwas übersehen beziehungsweise falsch oder gar nicht wahrgenommen haben. Wir erkennen, dass die Show nicht alles in unserem Leben ist und dass aber alles nichts ist, wenn es nicht aus dem Herzen herauskommt. Wir sehen ein, dass unser Intellekt zwar hilfreich für die alltäglichen Dinge im Leben ist, jedoch kommt er nicht in jenen Wissensbereich hinein, zu dem nur das Herz Zugang hat. Das Bauchgefühl resultiert aus der Vergangenheit. Es zeigt uns in erster Linie, wie eine Situation ausgehen könnte. Jedoch ist das, was wir uns auf der Ebene der Intuition ersinnen können, größtenteils von den Erkenntnissen aus der Vergangenheit abhängig.

Im letzten Abschnitt kommen wir zu der Erkenntnis, dass alle drei Teile, die Intuition, der Intellekt und das Herz, als eine Organisation funktionieren in der das Herz das Zentrum ist. Uns ist bewusst, dass wir alles, was von außen kommt, in nutzvolle Erkenntnisse für das Leben umwandeln können, unsere Intuition nur ein Zwischen-teil unserer Welt ist, welche an Bedingungen geknüpft und zwischen einer geistigen Welt, die für den Intellekt und das Bauchgefühl nicht zu verstehen ist. Das Herz als Zentrum ist der Entscheidungsträger, der in der Lage ist, alles in etwas Positives und Nutzvolles oder in etwas Negatives und Schadenbringendes zu verwandeln.

Zwei Gräber

Was sind Gräber - und welche Gedanken und Gefühle lösen sie in uns aus? Es sind die letzten Wohnräume, die unser Körper, in dem unsere Seele verpackt ist, in diesem Leben bewohnt. Sie sind die Verbindung zwischen den Lebenden und den Toten, der jetzigen Welt und dem, was danach kommt. Für Letzteres gibt es die verschiedensten Ansätze. Ganz gleich, welche Religionen und Weltanschauungen man als Vergleich nimmt: ein Grab steht für Trauer, Abschied, Gedenken an die verstorbene Person und/oder eine weitere Reise. Oft fürchtet man sich, weil man es mit dem in Verbindung bringt, was wir selbst nicht begreifen können. Gruselige Geschichten werden über den Tod erzählt. Jedoch soll es in dieser Geschichte nicht um die genannten Punkte gehen. Diese Geschichte wird vielmehr zeigen, dass die Verbindung zwischen dem jetzigen Leben und den Verstorbenen dazu dient, das momentane Leben besser zu verstehen. Es gibt einem die Möglichkeit, die beste Route zu seinem eigenen Grab einzuschlagen. Sie haben richtig gehört, diese Geschichte erklärt Ihnen, warum es von Bedeutung ist, den besten Weg zu seinem Grab zu kennen. Den besten, nicht den schnellsten Weg wohlgemerkt! Auch wenn wir viele Fahrten unternehmen wollen, so ist eines klar: die letzte Fahrt oder Reise in unserem Leben ist Pflicht. Und das ist nun einmal die zu unserer Grabstätte. Aber sie ist - dies zur Beruhigung! - nur die letzte Fahrt für dieses eine Leben. Man selbst entscheidet, ob die Fahrt danach eine bessere sein soll. Davon bin ich zumindest überzeugt. Je länger ein Menschenleben währt, desto mehr wird es wahrscheinlich Verstorbenen die letzte Ehre erweisen und sie zu ihrem letzten Heim begleiten. Womöglich werden den Verstorbenen noch einige Besuche gestattet. Mal aus Pflicht und Tradition, mal aus tiefer Trauer über den Verlust der Person oder aus einer Melancholie heraus, die uns darin blockiert, unser Leben in voller Kraft weiterzuleben. Von allen Gräbern, die sich im Laufe unseres Lebens anhäufen, sind es nur wenige, die eine beständige Relevanz für uns haben und noch weniger schaffen es, dass sie es uns wert sind, sie in die nachfolgenden Zeilen einzubinden. Eben von diesen, die eine maßgebliche Prägung auf unser Leben haben und hatten.

Das Leben mit Herrn S.

In meinem Leben gibt es zwei solcher Gräber, die mich dazu veranlassen, diese Zeilen zu schreiben. Es sind die Gräber von Herr S. und Herr K.! Die Hälfte meiner bisherigen Lebensdauer wurde von Herrn S. begleitet. Er hat zwei wichtige Stellen in einer für mich verkörpert, die er auch mit Bravour ausfüllte. Auf diese Rollen möchte ich jedoch in dieser Geschichte nicht weiter eingehen. Was ich auf jeden Fall klar verlauten kann, ist, dass unsere Bindung nicht mit Worten zu beschreiben ist. Sein Tod hat mich hart getroffen und wirkt sich bis heute auf mein

Leben aus. Er war seit Jahren nicht mehr der Fitteste, aber in den letzten Wochen seines Lebens blühte er noch einmal so richtig auf. Ich werde das Gefühl einfach nicht los, dass er noch zu Lebzeiten spürte, dass seine Zeit bald gekommen war und dass er noch einmal all seine Kraft zusammenzog, um uns eine schöne letzte Zeit mit ihm zu widmen. Wenn es wirklich so war, wie ich es gerade geschildert habe, dann war das ein feiner Charakterzug von ihm, und davon hatte er viele, für die ich ihm von ganzem Herzen dankbar bin. Jedoch war es damals in jungen Jahren für mich sehr schwer einzuordnen und hatte doch einen großen Effekt auf mich. Nämlich, dass ich jahrelang unterbewusst davon überzeugt war, dass, wenn es gerade schön ist, die Tragödie schon vor der Tür steht. Immer wieder boykottierte ich meine eigenen Fähigkeiten und Talente. Die Jahre gingen ins Land. Ich war damit beschäftigt, vom kleinen Jungen zum Jugendlichen und letztlich zum Erwachsenen zu werden. An diesem versuche ich mich noch immer, und es fällt mir offen gesagt nicht gerade leicht. Ein Fluch, der sich so langsam zu einem Segen entwickelt, wie ich denke. Herr S. gab mir alle guten Eigenschaften mit auf den Weg, die man für ein ehrwürdiges Leben benötigt. Er war herzlich, mitfühlend, familiär und gesellig. Er hatte Mut und verstand es, diesen auf seine Mitmenschen zu übertragen. Er wurde von allen geschätzt und anerkannt. Ein jeder kannte Herrn S.

Der letzte Augenblick

Auch wenn er uns nicht darüber informierte, dass er bald gehen würde, entweder weil er es selbst nicht wusste oder - davon bin ich überzeugt -, weil er uns vorzeitige Trauer ersparen wollte, so hat sich Herr S. letzten Endes doch auf eine ganz besondere Weise von mir verabschiedet. Die Art und Weise des Abschieds war so imposant, dass er einen ewigen Effekt auf mich hat und wahrscheinlich der ausschlaggebende Grund dafür ist, dass ich diese Zeilen schreibe. Das Abschiednehmen ist jedoch etwas sehr Privates, und so behalte ich mir vor, über diesen auch keine Auskunft zu geben. Zumal ich glaube, dass er zu großer Verwirrung bei vielen Lesern führen würde. Was ich den Lesern definitiv versichern kann, ist, dass ich überaus dankbar für den Abschied bin, auch wenn ich ihn lange Zeit nicht einordnen konnte. Sowohl auf rationaler, als auch auf emotionaler Ebene.

Ein Leben vor meiner Zeit

Herr S. war für mich die großartigste Person auf der ganzen Welt. Auch heute schätze ich ihn genauso wie früher, nur dass ich heute über ein klareres und nüchterneres Weltbild verfüge. Nach dem Ableben von Herrn S. und durch die Zeit etwas abgemilderter Trauer darüber, waren Personen, die mit mir und Herrn S. gleichermaßen in Verbindung standen, offen, über sein Lebenswerk. nachzudenken und ihre Gedanken und Gefühle zum Ausdruck zu bringen. Sie erzählten mir von ihm, auf eine Art und Weise, so dass ich zeitweise glaubte, Herrn S. nie gekannt zu haben. Die Vorstellung von einem Mann, den ich ausnahmslos als Vorbild nehmen sollte, löste sich auf einmal auf. Vielmehr entwickelte sich die innere Einstellung, ich sollte bloß nur nicht so zu werden wie er. Dies sollte sich ab dem Zeitpunkt, in dem Herr K. gewissermaßen in mein Leben trat, sogar noch verstärken. Herrn K. kannte ich nur aus Geschichten. Und diese waren ausschließlich negativ behaftet! Aber dazu später mehr.

Verwirrung und unerwartete Nachricht

Das Ablehnen von den guten Dingen

Wie schon erwähnt, waren die letzten Lebensmomente mit Herrn S. die absolut schönsten mit ihm. Er blühte noch einmal auf, und alles um ihn herum tat es ihm gleich. Es war einfach traumhaft! Traumhaft, das war das Stichwort dafür, was danach kommen sollte. Durch die Tatsache, dass mein geliebter Herr S. uns nach all den schönen Momenten, die sich in kürzester Zeit hintereinander abspielten, abrupt verließ, verlor ich die Gabe, auf das Gute zu vertrauen. Lange Zeit ein Fluch, so sollte sich diese Tatsache zu einem Segen entwickeln. Sie verhalf mir dazu, die Dinge heute nüchtern zu betrachten. Eben so, wie sie wirklich sind.

Die Unfähigkeit, Geschenke anzunehmen

Eine weitere Disziplin die ich Jahre später erst erlernen sollte, war die Fähigkeit, Geschenke anzunehmen. Wenn man das Vertrauen in schöne Momente erst einmal verloren hat, so ist es noch unerträglicher, wenn man das Glück auf dem Silbertablett serviert bekommt. Die Weise, wie sich Herr S. von mir verabschiedete, verlangte mir genau diese Fähigkeit ab. Ironischerweise glaube ich heute, dass ich diese Fähigkeit damals schon besaß und sich Herr S. darüber im Klaren war. Nur ich selbst wusste es nicht, und so redete ich mir jahrelang die negativen Aspekte ein, die eintreten, wenn man eben nicht in der Lage ist, ein so großes Geschenk anzunehmen. Zum Glück bewahrte mich mein mir damals unbekanntes Können davor, dass ich ganz auf die Seite des Negativen rutschte.

Das in Fragestellen der bisherigen Werte

Ich war im Grunde meines Wesens ein einfühlsamer, harmoniebedürftiger und positiver Mensch. Derzeit gewinne ich diese drei wertvollen Charakterzüge zunehmend wieder. Jedoch durch den Tod von Herrn S. sowie das Erleben des letzten Augenblicks mit ihm (oder besser gesagt durch ihn!) und den Geschichten, die mir nach der Trauerphase mitgeteilt wurden und die mir meinen Superhelden nahmen, baute sich in mir ein anderes Werteempfinden auf. Ich empfand vieles von dem, was ich früher als Stärke empfand und heutzutage Gott sei Dank wieder so sehe, als Schwäche und hielt es für unbrauchbar. Die Herausforderungen des Heranwachsen, die selbstverständlich und ganz natürlich sind, machten den Zustand nicht gerade besser. Ganz zu schweigen von den individuellen Erlebnissen des eigenen Lebens und den Menschen, denen ich begegnen durfte. Letzteres hört sich ironisch, wenn nicht sogar sarkastisch an, aber ich empfinde es tatsächlich so, dass ich selbst den negativsten Begegnungen „begegnen durfte" und bin inzwischen dafür dankbar, da sie ein wichtiger Schritt zu diesen Zeilen waren. Generell habe ich gelernt, dass sich alles ins Positive verwandeln kann, wenn man die Dankbarkeit aufrecht erhält.

Nachricht von Herrn K.

Zu all der Wesensveränderung sollte eine Person in mein Leben treten, die gewöhnlich von Beginn meines Lebens an meiner Seite stehen sollte, dies aber mit aller Kraft verweigerte und es auch bis zu seinem Tod so durchzog. Das, was ich von ihm weiß und von ihm auch aus wissen sollte, erfuhr ich nie durch ihn, sondern durch andere Menschen, die ihn kannten und mehr oder weniger mit ihm in Kontakt standen. Er war laut Erzählungen ein selbstbewusster Mann mit hoher Intelligenz, absoluter Zielstrebigkeit und Konsequenz sowie Disziplin. Er war ein griesgrämiger Einzelgänger, der alles Menschliche um sich herum verbannte. Für alles Materielle hatte er ein Herz und verlieh dem Materiellen sogar eines. Den Menschen hingegen riss er durch sein rücksichtsloses Verhalten die Herzen heraus. Metaphorisch gesprochen, versteht sich. Er wusste stets, wie er seine Ziele, Meinungen und Anliegen durchsetzte - und das immer!

Das Abschlagen der eigenen Wurzeln
Nachdem ich die Charakterzüge von Herrn S. in der Verbissenheit, die ich als junger Mensch hatte, als Schwächen verstand und die Eigenschaften von Herrn K. als charakterlos und kalt empfand, setzte ich alles daran, nicht so zu werden wie sie. Heute weiß ich, dass jeder Mensch gute und schlechte Eigenschaften hat und man am besten damit fährt, wenn man diese nicht in gut und schlecht unterteilt, sondern sie als Ausprägungen individueller Lebenswege versteht. So ist es möglich, einen wahrhaftigen Gewinn daraus zu ziehen.

Der Kontaktabbruch zu Herrn S.

Der Frust über die neuerworbenen Kenntnisse
Einige Jahre kapselte ich mich von Herrn S. ab. Die Kenntnis über ihn, die ich nach seinem Tod erhielt, sowie der immer größer werdende Einfluss von Herrn K. auf mich, führten unweigerlich zur Abkapselung, die ich eine längere Zeit zutiefst bereute. Inzwischen verstehe ich die Hintergründe und bin allmählich auch von ganzem Herzen dankbar...

Es ist wie so oft im Leben: die meiste Einsicht entsteht aus gemachten Fehlern!

Wer lebt, macht Fehler

Ein weiterer elementarer Beweggrund, warum ich mich von Herrn S. entfernte, war die Tatsache, dass ich durch die Wesensveränderung dazu neigte, mich nicht mehr an den Werten zu orientieren, die ich einst mit auf den Weg bekommen hatte. So verwehrte ich mir den Kontakt zu einer Person, die mir sehr am Herzen lag und somit zu einer Kraft, die mir unbegrenzte Weisheit bringen sollte. Doch manchmal weiß man erst den Wert von etwas richtig zu schätzen, wenn es weg ist. Zum Glück war es nur eine zeitlich begrenzte Trennung.

Das Wirken von Herrn K.

Der Einfluss von Herrn K. hatte eine große Wirkung auf mich, und ich bin auch heute noch nicht ganz davon befreit. Jedoch ziehe ich eine große Lehre daraus. Am Anfang bekam ich einen riesigen Motivationsschub. Später aber überkamen mich Selbstzweifel und purer Hass. Hass auf Herrn K., Hass auf mich selbst, Hass auf alles in der Welt. Alle Leidenschaft verflog, nichts hatte mehr Sinn. Ich wurde zu einem psychischen Wrack. Aber auch das Wirken von Herrn K. war für mein Leben ein wichtiger Meilenstein, für den ich mittlerweile dankbar bin und aus dem ich großen Nutzen ziehe. Auf seine eigene Art hat mir Herr K. alles Gute mit auf dem Weg gegeben, was er nur konnte.

Der Tod von Herrn K.

Jahrelang wartete ich vergeblich darauf, dass Herr K. mich zu sich rief und Interesse an mir und meinem Leben zeigte. Doch je älter er wurde, desto mehr wuchsen seine Verbissenheit und sein Zorn. Bis zum letzten Atemzug. Eines Tages war es dann soweit: Herr K. starb. Wie man sich vorstellen kann, war ich nicht auf seiner Beerdigung. Ich denke, dass meine Anwesenheit zu großem Aufruhr geführt hätte. Und wahrscheinlich war es auch für mich die richtige Entscheidung...

Unter den Anwesenden gab es nur wenig Trauernde. Vielmehr war es für die meisten eine Art Pflichtveranstaltung. Kein Wunder, wenn man bedenkt, dass der Verstorbene so von sich eingenommen war, dass praktisch niemand seinen Maßstäben genügte. Ganz zu schweigen von meiner Wenigkeit! Ich wäre höchstwahrscheinlich nur Ballast für Frau K. gewesen, die durch mein Erscheinen arg in Gesprächsnot geraten wäre. Nachdem alle Trauergäste sich verabschiedet hatten und die Zeremonie zu Ende war, durfte ich dann auch einen kurzen Augenblick am Grab des Mannes stehen, der für mich das ganze Leben wie der Wind war: man weiß, dass es ihn gibt und doch ist er nicht zu fassen.

Die nächste Verwirrung

Der Wunsch, Herrn K. kennenzulernen und Lebenszeit mit ihm zu teilen, war immer präsent. Jedoch hatte man sein eigenes Leben geführt, welches mit vielen Höhen und Tiefen bepackt war. Somit konnte man sich sehr gut von diesem Wunsch ablenken, zumal man Unbekanntes ja nicht vermisst. Sein Tod änderte jedoch alles. Es wurde mir bewusst, dass jetzt die Chance auf ein Kennenlernen endgültig vorüber war. Tiefe Trauer, Vorwürfe und viele Fragen kamen in mir auf.

Hätte man sich mehr Mühe geben sollen? War die Person wirklich die, die man durch Geschichten kannte? Ist meine Trauer überhaupt angemessen und gerechtfertigt? Wieder überkam mich eine große Leere. Obwohl ich es war, der sich um ein Kennenlernen bemüht hatte, hatte ich das Gefühl, nicht genug getan zu haben. Auch wenn Herr K. nie aktiv bemüht war, mir etwas beizubringen, so bemühte ich mich aber, seinen Lebensweg zu akzeptieren und nachvollziehen zu können. Ich war in der Lage, wertvolle Erkenntnisse daraus zu schöpfen, für die ich selbstverständlich genauso dankbar bin.

Runde 2 der Werte-Analyse

Nach dem Tod von Herrn K. waren die Angehörigen dabei, die Zeit mit ihm zu reflektieren und mir mitzuteilen, wie es damals auch nach dem Tod von Herrn S. der Fall war. Die Worte verwirrten mich auf's Neue. War er etwa doch nicht der kaltherzige Karrieremensch?

Wie dem auch sei, ich denke, dass auch er wie jeder andere Mensch gute und schlechte Entscheidungen in seinem Leben traf, die für die unterschiedlichen Phasen seines Lebens von Bedeutung waren.

Die Fähigkeit, Schmerzen wertneutral als Geschenk anzuerkennen

Herr K. durfte vieles erdulden, wie ich im Nachhinein erfuhr, und er hatte nach seinem Verständnis das Beste daraus gemacht. Aufzugeben, zu lamentieren oder seine Gefühle nach außen zu tragen, war für ihn keine Option! Auch wenn ich es für vernünftig halte, nicht alles so rabiat anzugehen, wie er es tat, so muss ich doch sagen, dass seine Entscheidungen darüber, wie man das Leben zu führen habe, nicht von Grund auf verkehrt sind.

Der gesunde Wunsch nach Kontakt mit Herrn K. und der Wille, Herrn S. wieder zu sprechen

Nach einer Reise voller Erkenntnisse und Abenteuer komme ich nun zu dem Entschluss, dass es das Schönste wäre, wenn ich Herrn S. wiedersehen und mit ihm noch einmal sprechen könnte. Auch der Wunsch danach, Herrn K. kennenzulernen und ihm zuzuhören, wie sein

Leben war und was ihn zu dem machte, was er zum Schluss war, ohne Vorbehalte und Gefühle von Wut oder Hass, würde mir eine große Freude bereiten. Ich bin mir aber auch bewusst, dass wir alle Reisende sind, und ich möchte die beiden Menschen, die so zentral und wichtig für mein Leben waren, nicht auf ihrer Reise aufhalten. So wünsche ich ihnen beiden alles Gute.

Gute und schlechte Erkenntnisse über das Leben von Herrn S. und Herrn K.

Rückblickend lässt sich sagen, dass beide Herren mit dem handelten, was man ihnen mit auf ihren Weg gab. Beide schienen nicht zufrieden zu sein mit dem, was man ihnen mitgab und schon gar nicht mit den Menschen, die ihnen die Reisekoffer in die Hand drückten. Genau aus diesem Grund schlugen sie mit krankhaftem Ehrgeiz ihren eigenen Weg ein. Hauptsache war es offenbar, keine Ähnlichkeit mit den Personen, die ihr Leben maßgeblich prägten, zu haben. Ich für meinen Teil habe daraus gelernt, dass wirklich jeder Mensch im Grunde seines Herzens das Richtige tun möchte. Es ergibt daher keinen Sinn, etwas zu verdammen. Wir sind alle miteinander verbunden.

Die magische Verschmelzung von Herrn S. und Herrn K. zu „Elia"

Die wesentlichen Charakterzüge von Herrn S. und Herrn K. sahen wie folgt aus:

Herr S.:
- herzlich, mitfühlend und gesellig
- empfindsam, melancholisch, von Emotionen geleitet

Herr K.:
- wissbegierig, lösungsorientiert, strebsam
- zu Gefühlskälte neigend, um sich den Forderungen der Sensibilität nicht stellen zu müssen.
- stur und oft cholerisch.

Mit dem „Buch von Elia" hat sich Elia ein Werk geschaffen, in welchem er die positiven Aspekte beider Personen vereint und ihre Schwächen in Stärken und nutzvolle Werkzeuge umwandelt.

Zwei große Tage

Abschiedsgespräch am Grab von Herrn S.
Mein lieber Herr S.,
ich kann dir gar nicht sagen, wie sehr du mein Leben bereichert hast. Dein früher Tod hat mir das Herz gebrochen. Dein Abschied machte mich fast verrückt. Heute bin ich dankbar für die Jahre, in denen ich dein Leben und

Ableben mehrfach in Gedanken durchgespielt habe und somit einen unfassbar großen Schatz an Erkenntnissen ansammeln durfte. Die Art, wie du dich von mir verabschiedet hast, war das größte Geschenk, das du mir machen konntest. Durch deinen Abschied durfte ich etwas über das Leben lernen, das man selten zu Lebzeiten schon erfährt. Einst ein großer Schrecken, so ist es heute das, was mir die Zuversicht verleiht, dass es immer weitergeht.

Abschiedsgespräch am Grab von Herrn K.

Mein lieber Herr K.,

jetzt stehe ich nun hier vor deinem letzten Heim. Es ist ganz anders als das, was du zu Lebzeiten bewohntest und doch ist es typisch für dich. Es strahlt Rationalität, Demut und Vernunft aus. Ich denke, dass deine letzte Heimstätte auf Erden für dieses eine Leben zeigt, dass du liebenswerte Seiten besessen hast, die du leider dein Leben lang mit aller Kraft zu verschleiern bemüht warst. Lass mich dir sagen, dass ich Verständnis für dich habe und ich dir alles Gute für deine künftigen Reisen wünsche.

Die beste Route zum eigenen Grab

Wer ein erfülltes Leben will, der sollte sich eine Skizze von seinem jetzigen Stand im Leben zu seiner Grabstätte zeichnen. Zwischen Ziel und Stopp sollten Meilensteine der Erkenntnisse eingezeichnet sein. Bei Unfällen sollte die Gegend genauestens wahrgenommen werden, denn vielleicht findet man einen Schatz, welchen man übersehen hätte, wäre man nicht gezwungen gewesen, anzuhalten. Machen wir uns unsere Sterblichkeit bewusst, so holen wir uns in den aktuellen Moment zurück und nutzen ihn.

Die Navigation des Lebens und die Frage nach Sinnhaftigkeit und Glück

Wir wollen am liebsten alle ein Navigationsgerät für unser Leben haben, welches uns am schnellsten und so effizient wie möglich an unsere Ziele führt. Dabei vergessen wir, dass, bevor Navigation überhaupt möglich war, jemand die Wege gehen und die Ortschaften erkunden musste. Eine zweite Möglichkeit wäre, mit sehr raffinierter Technik (etwa Satellitentechnik!), vorzugehen. Jedoch zu glauben, dass man es einfach auf dem Silbertablett serviert bekommt und gut ist´s, ist ein Trugschluss. Weiterhin müssen wir bedenken, dass nicht alle am selben Punkt starten und erst recht nicht unter gleichen Bedingungen. Zudem kommt hinzu, dass wir die Zielorte, die wir anvisieren, nicht immer sofort in ihrer Ganzheit wahrnehmen, geschweige denn morgen noch so empfinden wie heute.

Die Orte und vielen Zwischenstationen die wir in unserem Leben durchqueren, verändern sich ständig. Seien es die in unserem Inneren, seien es die im Außen. Auf diese Weise entstehen neue Erkenntnisse.

Eine Zeit lang bewerten wir alles, hassen und lieben, aber irgendwann kommen wir an einem Punkt im Leben, wo wir erkennen, dass alles seinen Wert zu gegebener

Zeit hat. Und so werden wir im Allgemeinen zufriedener und friedlicher - auch im Umgang mit uns selbst. Selbst wenn wir uns einmal wieder verfahren, ärgern wir uns nicht mehr allzu sehr, weil wir gelernt haben, wie wir gut und schnell wieder auf die Zielgerade gelangen. Es kommt nicht darauf an, immer die beste Strecke in schnellster Zeit und in Bestform gefahren zu sein - es ist wichtig, genügend Erfahrung gesammelt zu haben, die einem in nicht eingeplanten Situationen dabei hilft, trotzdem ans Ziel zu kommen! Selbstverständlich ist es schön, so effizient wie möglich zu arbeiten. Dies ist aber nur möglich, wenn wir zuvor bereit sind, über das Maß hinaus effektiv zu sein, also vieles zu unternehmen, um unsere Ziele zu erreichen, auch wenn wir dazu erst einmal weitere Wege auf uns nehmen müssen, als eigentlich nötig. Mit der Zeit sind wir bereit unsere Wege gelassener zu bestreiten und begreifen die Umwege und Unfälle, die wir durchleben, als wichtige Meilensteine. Optimal ist es, wenn man die Fähigkeit erlangt, im Geist seinen Satelliten zu entwickeln. Einen Satelliten, der gefüllt ist mit Erfahrungen, die man durchlebt und in den Satelliten programmiert hat. Einen Satelliten, der die Fähigkeit besitzt, Orte zu durchblicken, ohne dass man sie zwingend immer wieder selbst anfahren muss. Orte, die, warum auch immer, zwar auf eine gewisse Weise relevant und für einen Moment oder über eine geraume Zeit hinweg, für uns bedeutsam waren, die jedoch Gefahren bergen und deren erneuter Besuch keinen Sinn macht!

Von der Wut, die die Liebe und die Freiheit brachte

Vorwort

Es heißt immer, wir müssen unsere Wut herauslassen. Über das, was uns bedrückt sowie über Vergangenes und Zukunftsängste sollen wir offen reden, sagt man uns. Wir würden uns gut tun, wenn wir Fachleute mit uns reden lassen, so heißt es. Dabei sind die vermeintlichen Fachleute selbst oft nur resilient, das heißt anpassungsfähig und widerstandsfähig, solange sie in ihren eigenen vier Wänden sitzen.

Alles richtige Ansätze - aber wissen wir eigentlich, was wir da sagen?

Was bedeutet es denn, wenn wir die Wut herauslassen? Gehen wir los und rächen uns? Lassen wir die Wut an uns oder irgendwelchen anderen Geschöpfen aus, welche allesamt es wert sind, in Würde zu leben? Oder schlagen wir gegen einen Sandsack und stellen uns vor, dass dieser die Person ist, die uns geschädigt hat?

Warum sollten wir über das reden, was uns bedrückt und über unsere Vergangenheit? Was bringt es uns und anderen? Und überhaupt - mit wem sollen wir darüber reden, wann und wie oft?

Warum sollten wir offen über die Ängste reden, was in der Zukunft alles passieren kann? Ist es nicht eher so, dass wir dann entweder hören „das wird schon alles gut" oder „morgen geht die Welt unter" - je nachdem, ob wir mit einem eher pessimistischen oder einem optimistischen Menschen reden?! Wozu tendierst du mehr?

Wenn du jetzt sagst, du seist ein Realist, dann ist das zwar möglich und wünschenswert, wenn du wirklich weißt, was die Wirklichkeit ist, aber seien wir ehrlich: wir lassen uns doch alle ein Stück weit von unseren Emotionen leiten! Zumal der vermeintliche Realist und Rationalist Gefahr läuft, dass er wichtige Punkte unbeachtet lässt, die nur zu greifen sind, wenn man auch die emotionale Ebene mit einbezieht. Eben weil er die Wirklichkeit nicht in seiner Hülle und Fülle versteht.

Schließlich bleibt noch die Frage, holst du dir Rat und kannst dich auf andere Menschen einlassen oder machst du alles mit dir selbst aus und möchtest daher auch die Lorbeeren nur für dich alleine ernten?

Wie schon erwähnt, gibt es dabei kein *richtig* oder *falsch*! Vielmehr sollten wir begreifen, dass wir nur mit dem Werkzeug arbeiten können, das uns derzeit gegeben ist, so wie jeder andere Mensch auch. Haben wir das einmal alle verstanden und verinnerlicht, verlassen uns Begriffe wie Wut und Hass.

Die Entstehung der Wut

Warum werden wir eigentlich wütend?

Im Lateinischem spricht man von Furor. Das heißt so viel wie Raserei, Leidenschaft, Wahnsinn. Im Französischem hingegen spricht man von Rage, die für Zorn, Toben oder eben auch Raserei steht.

Und was bedeuten die einzelnen Worte wiederum?

Raserei steht ursprünglich für ein wildes Verhalten ohne Selbstkontrolle.

Leidenschaft wird als eine völlig ergreifende Emotion des Gemüts definiert. Sie kann sowohl Formen des Hasses, als auch der Liebe annehmen.

Wenden wir uns nun der Definition von *Zorn* zu. Als dieser wird ein heftiger, leidenschaftlicher Unwille über etwas als Unrecht Empfundenes, das dem eigenen Willen entgegenläuft.

Bleibt zu klären, was *Toben* und *Wahnsinn* bedeuten. *Toben* bedeutet, vor Wut außer sich zu sein. Es ist also der Zustand, in dem die Wut über uns absolut überhand genommen hat. Nun bleibt noch der *Wahnsinn*. Und das im wahrsten Sinne des Wortes. Wie bei allen Begriffen gibt es natürlich auch für dieses Wort unzählige Definitionsansätze, jedoch erschien mir folgende als die besonders treffend:

Wahnsinn ist eine psychische Störung, die von Wahn

begleitet wird. Wahn wiederum beschreibt eine falsche, trügerische, krankhafte und oder zwanghafte Einbildung, beziehungsweise Störung.

Habt ihr gemerkt, dass die einzelnen Worte aufeinander aufbauen?

Es tritt ein Ereignis ein, und wir verhalten uns ganz wild. Letztlich verlieren wir unsere Selbstkontrolle. Wir sind von den Hassgefühlen des Geschehenen so ergriffen, dass wir uns von allem, was wir bis dahin als vernünftig und gut für uns und andere erachteten, komplett loslösen. Willkommen in der Leidenschaf! Wir empfinden das Erlebte/Erfahrene als dermaßen ungerecht, es ist uns dermaßen zuwider, dass wir unbedingt dagegen etwas unternehmen möchten. Koste es, was es wolle! Der Zorn überkommt uns.

Wir wissen es noch nicht, aber wir haben gerade begonnen, das Schuldsein und das Beschädigtsein in einen Topf zu werfen und kochen uns einen Feuertopf, der sowohl für uns als auch für all unsere Gäste, die wir in unser Leben lassen, viel zu scharf ist. Es ist jedoch eine Schärfe, die wir nicht sofort spüren. Sie kommt heimtückisch, nachdem wir ein paar Happen hinuntergeschlungen haben.

Von nun an toben wir uns an unserem Hexenkessel so richtig aus. All unser Tun und Streben gilt der verhassten Sache, die uns so stark getroffen hat. Sarkastisch gesprochen kommt zu guter Letzt der Beginn des Wahnsinns. Unsere Gedankenwelt umkreist nur noch diesen einen Punkt. Einerseits versuchen wir krankhaft, das Erlebte zu bekämpfen. Dabei ist es uns gleich, wie viele Narben wir davontragen müssen oder bei Mitmenschen verursachen. Andererseits empfinden wir uns als schwach, weil wir ja vermeintlich zugelassen haben, dass man uns schädigt.

Diesen Sachverhalt wollen wir selbsterklärend auch ausgleichen und in ein für uns angenehmes Licht stellen.

Hier fängt es an, wie zuvor beschrieben, trügerisch und falsch zu werden. Wir beginnen etwas als gut und unabdingbar zu betrachten, das wir in der Vergangenheit als von Grund auf schlecht und ungerecht empfanden. Wir sagen uns, dass wir es ja aus anderen Beweggründen tun und auf eine ganz andere Weise. Aber haben wir das wirklich unter Kontrolle? Ein Beispiel gefällig?

Ein Mann hat von seinem Vater alles bekommen, was er wollte. Die Familie war so reich, dass dem Mann alle Herausforderungen des Lebens bereits abgenommen wurden, als er noch ein kleiner Junge war. Sämtliche materiellen Wünsche wurden erfüllt. Nur seinen Vater bekam er so gut wie nie zu Gesicht. Seine Mutter übernahm die klassische Rolle der Hausfrau und Mutter, wie es damals üblich war und wartete nur darauf, dass ihr Mann ihr sagte, was sie zu tun habe.

Als der Junge heranwuchs, brach der Krieg aus. Die

Familie musste flüchten, und ihr ganzes Hab und Gut wurde dem Erdboden gleichgemacht. Der Vater starb auf der Flucht. In Deutschland angekommen, musste sich der junge Mann mit seiner Mutter und Schwester allein durchschlagen, was ihm unheimlich schwerfiel, weil vorher ja alles für ihn erledigt wurde. Trotzdem schaffte er es, aus sich etwas zu machen. Er studierte Medizin, gründete eine Familie und baute sich sein eigenes Haus mit Garten, Hof und einer Garage, in der mehr als genügend Autos ihren Platz finden sollten. Seinen eigenen Sohn nahm er mit auf die Jagd und zu aufregenden Bootsfahrten sowie zu Auto- und Motorradhändlern der Luxusklasse. Aus Angst, sein Sohn könnte genauso unselbständig werden, wie er es die ersten Jahre seines Lebens war, übertrug er ihm schon sehr früh alle möglichen Aufgaben. Ab seine Jugend bekam er dann nichts mehr geschenkt. Jeden einzelnen Pfennig musste er sich vom dreizehnten Lebensjahr an selbst erarbeiten. Jeden Sonntag hatte er die acht Autos seines Vaters zu waschen, als Dank dafür, dass er bei ihm wohnen und leben durfte. Jedenfalls hat der junge Mann dies so in seinen ersten Lebensjahren wahrgenommen, auch wenn der Vater nur die Absicht verfolgte, seinen Sohn zur Selbständigkeit zu erziehen. Das Verhältnis zwischen Vater und Sohn wurde mit den Jahren immer schlimmer und abscheulicher.

Der Schrecken der Vergangenheit

Wir haben also gelernt dass alles damit beginnt, dass wir etwas erleben/erfahren, das uns fremd ist und m darauf in einer Art und Weise reagieren, die unserem Inneren ebenfalls fremd ist.

Unser Gemüt ist von Emotionen die uns bis dahin völlig unbekannt waren, so ergriffen, dass wir eine Art Rätsel-spiel beginnen. Einerseits möchten wir es nicht mehr spielen, weil es uns Kopfzerbrechen bereitet und wir uns denken, dass das Leben noch so viele Facetten bringt, dass wir es bloß nicht weiter beachten sollten. Anderer-seits möchten wir uns nicht geschlagen geben und versuchen es weiter. Wir machen uns dieses Spiel so zu eigen, dass wir der Auffassung sind, wir seien dazu verdammt, es zu lösen und nur wir wären diejenigen auf der Welt, die das Rätsel als Strafe bekommen haben, während andere sich ja mit tausend schönen und einfachen Dingen vergnügen können, wofür sie auch noch Lob kassieren. Das Ganze steigt uns so über den Kopf, dass wir unsere gesamte Gedankenwelt nur noch auf diesen einen Punkt in der Vergangenheit lenken. Wir bemühen uns sogar regelrecht, das damals Erlebte in die Gegenwart zu transformieren, in einer Version, in der wir als die Helden oder als fest entschlossene, fast skrupel-lose Gewinner da stehen. Hauptsache ist, wir sind nicht die Verlierer beziehungsweise Opfer! Da wir immer mehr der Auffassung sind, dass wir Gefangene der Vergangenheit seien und es uns nicht vergönnt wäre, uns weiter-zuentwickeln, kultivieren wir das, was wir einstmals eliminieren wollten. Dies tun wir mit allen Mitteln, die uns zur gegebenen Zeit zur Verfügung stehen. Genau das ist der Beweis dafür, dass selbst der größte Pessimist und Unruhestifter im Grunde genommen nichts anderes möchte, als ein zufriedenes, harmonisches und ge-ordnetes Leben zu führen.

Die Angst vor der Zukunft

Auch wenn wir uns so geben, als wären wir zeitreisende Ritter, die manchmal noch zurückkehren müssen, um ihre Schlacht erfolgreich zu Ende zu führen, so sind wir uns dennoch bewusst, dass wir jetzt existieren und dafür sorgen müssen, auch morgen Brot auf dem Tisch zu haben. Unsere Vergangenheit hält uns aber so fest, dass wir uns nicht zutrauen, all unsere Kraft dafür aufzu-wenden, uns ein schönes Morgen zu gestalten. Hier beginnt das Spiel mit der Wut von vorne.

Wir empfinden alles und jeden um uns herum als eine Gefahr, gegen die wir nicht gewappnet sind und fangen an, einen wilden Wirbel um uns zu machen. Das empfinden wir aber nicht als Problem, da wir ja in der Vergangenheit gelernt haben, „wie man Wetter macht und die Zeit anhält". Das Leben wird zu einem Kampf, bei dem wir uns nach jeder Eroberung mächtiger fühlen, aber müde vom Kämpfen sind und uns freuen, wenn wir endlich in die ewigen Jagdgründe einziehen.

Der Umgang mit der Wut

Nachdem wir jetzt ausreichend geklärt haben, was Wut ist, woher sie kommt und was sie alles bewirken kann, ist es an der Zeit, die negative Form von Wut aufzulösen und sie in etwas Wundervolles umzubauen.

Das Herauslassen der Wut für Anfänger

Mit allem fangen wir mal klein an, das ist klar. Wie es mit der Wut anfängt und wozu es führen kann, wurde auf den vorherigen Seiten ausführlich gezeigt. Wer Schach nur im Ansatz kennt, weiß, dass es unendliche Möglichkeiten und Varianten gibt, wie man das Spiel gewinnt.

Ein mit Wut erfüllter Kämpfer erreicht dies vereinfacht gesagt durch die vier folgenden Varianten. Manche beschränken sich auf eine Variante, jedoch ist es in den meisten Fällen so, dass daraus eine Mischform entsteht und sich nur sagen lässt, dass Person XY die meisten prozentualen Anteile einer der vier Varianten besitzt.

Aktiv-direkter Rachezug

Dieser Zug ist einfach zu erklären: jemand erlebt etwas Unrechtes und geht direkt dagegen an. Das kann er tun, indem er „mit gleicher Härte" zurückschlägt oder aber - wenn er geistig schon weiter denkt! - nur bis zur Abwehr und nicht weiter geht. Wenn es gut läuft, lässt er es darauf beruhen, und es gibt eine reelle Chance, dass er sogar Frieden schließt.

Es besteht natürlich auch die Gefahr, dass er bei diesem einen Kampf eine innere Angst entwickelt, die erst später aus ihm herausbricht. Wenn das passiert, ist er gefangen und lebt von nun an in Abwehr, was dazu führt, dass sein Zug sich in eine der noch folgenden Varianten umformt.

Aktiv-indirekter Rachezug

Dieser Zug ist leider einer der verheerendsten. Wirft man einen Blick auf die Geschichte, so stellt man fest, dass er von fast allen großen Kriegsherren so vollzogen wurde. Aber auch bei vielen durchschnittlichen Menschen findet er häufig Anwendung. Mit diesem Zug begibt man sich auf eine lange und hässliche Reise.

Dieser Zug bedeutet, dass man beabsichtigt, gleich oder zumindest ähnlich der Person zu handeln, die einen einst geschädigt hat. Der Unterschied besteht lediglich darin, dass man sich eben nicht an diese wendet, sondern an andere Lebewesen, die mit der ursprünglichen Sache nichts zu tun haben. Jedenfalls nicht unmittelbar!

Passiv-direkter Rachezug

In der heutigen Welt der Psychotherapie verwendet man gerne moderne Methoden, die einem dabei behilflich sein sollen, Probleme zu lösen, ohne dass man dabei direkt die verhasste Person angreift.

Ein klassisches Beispiel ist das Boxen gegen einen Sandsack, auf dem sich ein Bild des Feindes befindet.

Offen gesagt habe ich keine Ahnung, welche Ergebnisse dies in der Behandlung zeigt und möchte es daher nicht weiter kommentieren. Eine andere Möglichkeit, sich von den unangenehmen Gefühlen zumindest eine Weile loszulösen, ist die völlige Vertiefung in Arbeit, Hobbys oder dergleichen.

Passiv-indirekter Rachezug (Der Clown)

Kommen wir zu einem sehr interessanten, doch extrem toxischen Ansatz. Kennt ihr Menschen, mit denen man alle Späße machen kann? Solche, die sich gern selbst nicht so ernst nehmen und keine Probleme damit haben, sich charmant vor großen Gruppen zu geben, sich jedoch in Luft auflösen, wenn man ihnen zu nahe kommt?. Trifft man bei ihnen den Nerv und es wird kritisch, haben sie die Fähigkeit, die eben noch so lockere, unverbindliche Atmosphäre, die man in ihrer Nähe verspürt, in eine Hölle zu verwandeln, aus der man nur noch heraus möchte.

Das Herauslassen der Wut für Fortgeschrittene

Jemand, der das im vorherigen Kapitel Beschriebene kennt und versteht, wird auch einsehen, dass jegliche Form des Hasses, der Wut und der Rache keinen Sinn ergibt, niemand dabei wirklich ein Gewinner ist. Im besten Fall wird er das Obige auf sich wirken lassen und von jedem dieser Züge nicht nur das Dumme und Schlechte, sondern auch dessen Beweggründe verstehen. Ist er dazu in der Lage, so ist er bereit, sich weiterzuentwickeln. Wir ziehen also noch einmal kurz Resümee...

Derjenige, der die erste Zugvariante wählt, ist zunächst nur bemüht, den Schaden, den er gerade erlitten hat, sofort wegzukehren. Er läuft aber Gefahr, panisch zu werden und wechselt unter Umständen seine Taktik. Seine Triebfeder ist klar und braucht nicht kommentiert zu werden: er holt sich auf direkten Wege seine Freiheit wieder.

Die zweite Taktik ist, sich ähnlich zu verhalten wie der erste Typus, jedoch zieht derjenige, der so handelt, es aus irgendeinem Grund vor, Lebewesen mit in dieses Duell zu ziehen, die eigentlich nicht in direkter Verbindung dazu stehen. Entweder weil er ganz einfach Angst davor hat und es nicht zugeben möchte oder er einfach nicht mehr die Gelegenheit dazu hatte. Sein Beweggrund ist wirklich tiefsitzend und tiefgründig. Er gehört zu der Gruppe, die sich wie anfangs erläutert, als jemand entpuppt, der Held und Gewinner sein möchte, aber bloß nicht das Opfer. Auch hier ist klar zu erkennen, dass man ihm die Freiheit gestohlen hat und er sie sich wiederholen möchte. Teilweise hat er es sich zur Lebensaufgabe gemacht, sich eben für die Freiheit all seiner Mitmenschen einzusetzen. An dieser Stelle sei angemerkt, dass wir nicht alle die gleiche Definition von Freiheit haben. Auch das Thema Liebe ist ein schwieriges. Vermutlich hat er in der Vergangenheit ein großes Vertrauen und Geborgenheit verspürt, was ihm ebenfalls genommen wurde.

Was ist mit denen, die sich für die neumodischen Ansätze der Psychotherapie entschieden haben?

Von diesen habe ich allzu viele kennengelernt. Sie sind in der Regel harmoniebedürftige und nach steter Liebe schreiende Menschen. Sie wurden meistens der Liebe beraubt oder haben sie im traurigsten Fall gar nicht erst kennengelernt. Für sie steht Liebe über allem, auch wenn sie dafür auf ihre Freiheit verzichten müssen. Das Problem ist nur, dass wir komplexe Wesen sind, die immer beides benötigen: Liebe und Freiheit. Aber dazu später mehr...

Bleibt uns noch der Clown! Derjenige, dessen Wut passiv und indirekt angeschossen kommt. Er will eigentlich gar keinen Konflikt. Leider hat er irgendwann den falschen Impuls bekommen, so dass das ganze Leben für ihn nur Anstrengung und Konflikt bedeutet. Er ist so hungrig nach Liebe und Freiheit, dass er stets versucht ist, sie mit allen Mitteln zu verteidigen und dabei gar nicht merkt, dass er sie sich selbst nimmt.

Das Gespräch über die (mit der) Vergangenheit

Du warst hart zu mir, liebe Vergangenheit, so erschien es mir. Doch heute, wo ich durch die Stadt der Wut mehrfach hindurch gereist bin und all ihre Straßen (Rachezüge) durchquerte, weiß ich, dass du mich nur aufwecken und von meiner Irrfahrt befreien wolltest. Du wolltest mir die ganze Zeit den Weg zu Liebe und Freiheit zeigen. Jedoch um dort hinzukommen, musste ich diese erst vollends verstehen und ausleben. *Die* Liebe ist *die* Liebe und *die* Freiheit ist *die* Freiheit! E gibt nicht *ein bisschen Liebe* oder *ein bisschen Freiheit*! Das sind Grenzen, die wir uns in unserer falschen Wahrnehmung geschaffen haben.

Das Gespenst der Zukunft

Lange habe ich dich wahrgenommen, wie ein Lasso, das mich zu dir zieht, liebe Zukunft. Einerseits wollte ich zu dir, weil ich mir einredete, dass es bei dir besser sei als in der Gegenwart und noch viel schöner als in der Vergangenheit. Heute weiß ich, das Schweben in Erinnerung und das Ausmalen der Zukunft sind immer dann am stärksten, wenn wir uns gerade nicht gut in unserer Haut fühlen. Je mehr wir bereit sind in der Gegenwart zu leben, desto mehr sehen wir die hässlichen Punkte unserer Erinnerung als wertvolle Erkenntnisse an und erinnern uns zunehmend all der schönen Dinge, die wir ebenfalls erlebt haben.

Je mehr wir in der Gegenwart leben, desto weniger Bedingungen stellen wir an die Zukunft. Gleichzeitig schaffen wir uns Freiraum, in dem wir Dinge unternehmen, die unserer Zukunft nur dienlich sein können. Wir werden mit, ich würde sagen, hundertprozentiger Sicherheit noch viele herausfordernde Abenteuerfahrten unternehmen und werden das ein oder andere Mal noch durch das Höllental fahren. Jedoch sind wir darauf eingestellt und uns ist bewusst, dass wahrhaftige Liebe keine Gegner hat, denn all ihre vermeintlichen Gegner sind es nur, weil sie eine falsche Geschichte über sie einstudiert haben. Auch wenn wir eine Zeit lang von unschönen Umständen festgehalten werden, so wissen wir doch, dass es in der Natur der Dinge liegt, dass sich alles seinen Weg bahnt und einen immer größeren Druck erzeugt, bis man sie wieder losgelassen hat.

Das Herauslassen der Wut für Profis und der Weg vom wütenden Kämpfer zum Schützer der Liebe und Freiheit

Letzten Endes wird uns bewusst, dass Wut nur eine Mischung aus Navigationsgerät und einem Verkehrszeichen-Assistenten für die Fahrt zu einem Leben voller Liebe und Freiheit ist. Sobald man dies alles verstanden hat, beginnt die Veränderung. Es findet ein Prozess statt, bei dem man sein Königreich in sich selbst gefunden hat. Es gibt nichts mehr zu erobern.

Man holt sich nichts mehr zurück und trauert nichts nach. Das einzige Bestreben liegt in der Aufrechterhaltung der Liebe und dem Bewahren der Freiheit.

DANKSAGUNG

„Das Buch von Elia - Eine Reise durch den Geist" ist Dank des Einflusses, der Unterstützung und Hilfe von vielen Menschen entstanden.

Ich möchte mich an dieser Stelle zunächst ganz herzlich bei Doktor S. bedanken.

Ohne ihn wäre dieses Buch nie entstanden. Er hat mir geholfen, den Kontakt zu meinem unerlässlichen Lektor und Verlag herzustellen sowie letztlich das Buch auf den Weg zu bringen. Auch wenn ich es schon immer recht gut darin verstand, mich in Texten auszudrücken, so war es seine Unterstützung durch inspirierende Denkanstöße, die dieses Buch zu dem gemacht hat, was es ist. Seine liebenswürdige und lebensbejahende Art ist mit Worten nicht zu beschreiben. Er sieht in allem das Positive, hat ein unvergleichliches Interesse und enormes Wissen über nahezu alle Themen.

Lieber Doktor S., ich danke Ihnen für alles von ganzem Herzen und bin sehr froh, dass wir uns begegnen durften.

Ebenso herzlich bedanke ich mich bei Andreas B., der den Stein überhaupt erst ins Rollen gebracht hat.

Er stellte den Kontakt zwischen Doktor S. und mir her. Zwischen Andreas und mir ist seit gut einem Jahr eine enge Freundschaft entstanden, in der wir viel Spaß und Freude, aber auch tiefgreifende Gespräche erleben. Andreas, lass dir sagen, du bist ein wahrer Freund!

Als nächstes möchte ich mich bei dem Menschen bedanken, der mir gezeigt hat, dass jeder Moment im Leben einen Zauber inne hat. Die Rede ist von Reinhard S., der durch und durch ein Optimist ist. Wir kennen uns seit etwa einem Jahr, und ich darf sagen, durch ihn konnte ich schon so vieles lernen, das ich mir im Traum nicht vorstellen hätte können. Durch Reinhard schaffe ich es Stück für Stück, mich von der Problemorientierung zu befreien und stattdessen lösungsorientiert zu denken. Reinhard, ich danke dir vom ganzen Herzen für all das Schöne und die Magie, die durch dich in mein Leben gekommen ist.

Wie ich schon erwähnt habe, gibt es noch viele weitere Menschen, bei denen ich mich bedanken möchte und das auch in weiteren Teilen von „Das Buch von Elia" tun werde.

Abschließend möchte ich mich noch bei Clara K. und Karl B. herzlich bedanken, die mich durch mein bisheriges Leben begleitet und in allem unterstützt haben. Clara und Karl waren und sind es, die mir die Kraft geben, derer es bedurfte, diese Zeilen schreiben zu können.

Ich liebe euch! Herzlichen Dank an alle genannten und noch nicht genannten Menschen, die mein Leben bereicherten und bereichern.

Zu den Bildern: Der Beginn einer großen Erkenntnis

Kreativität! Über Jahre hinweg verstand ich sie in etwa so:

„Kreativität bedeutet, dass ich in der Lage bin, schöne und bunte Bilder zu malen, in Sphären zu denken, die gesellschaftlich gesehen eher als unbrauchbar, teils sogar als albern gelten."

Geht man beispielsweise in den Biergarten und erzählt fremden Menschen, dass man Künstler sei, bestätigt sich das oben Gesagte sehr oft. Doch was genau ist Kreativität? Kreativität ist die Fähigkeit, etwas zu erschaffen, das sowohl neu, als auch nutzbringend ist.

Demnach komme ich zu der Erkenntnis, dass wir alle kreativ sind und einen inneren Antrieb haben, unsere Kreativität voranzubringen, selbst wenn es nicht immer danach aussieht.

Als ich vor gut drei Jahren damit anfing, mich meiner Kreativität zu öffnen, indem ich Bilder malte und zeichnete, war das zum damaligen Zeitpunkt ein Segen für mich, weil ich von dem angstorientierten Denken weg ging, welches damals noch sehr mein Leben dominierte.

Lange Zeit redete ich mir ein: „Das ganze Leben besteht nun einmal aus Dingen, die eben erledigt werden müssen und dann irgendwann, geht es dem Ende zu und der ganze Stress ist vorbei."

Doch da ist genau der Knackpunkt: je mehr ich mir diesen Satz einredete, umso weniger war ich körperlich und geistig in der Lage, eben die Dinge zu erledigen, die ja vermeintlich wichtig sind und abgehakt werden müssen. Dinge, die gut tun, waren sowieso verpönt und Zeitverschwendung. So ackerte man sich ab, war abgespannt und voller Ängste, erschuf sich selbstgerechte egoistische Methoden, die das Ausgelaugtsein und Schwächeln entschuldigten, und wenn man es nicht mehr aushielt, so ging man zu Handlungen über, die eher negativer Natur waren. Dazu gehörten der Konsum von Alkohol, ungesunde Ernährung und vieles mehr, das den Geist vernebelt und den Körper schwächt.

Doch auch in den düsteren Momenten unseres Lebens waren wir kreativ. Wir haben nämlich etwas erschaffen, und es war neu und nutzbringend. Dies klingt zunächst sehr verrückt, jedoch lässt es sich am folgenden Beispiel ganz gut erläutern:

Wenn wir übermäßig Alkohol trinken, dann nicht wirklich weil es cool ist oder weil wir danach kaum noch gerade auslaufen können und eine Wesensveränderung haben, die ab einem gewissen Punkt eher unterirdisch, als feierlich ist. Von den Leiden am nächsten Tag ganz zu schweigen. Nein, wenn wir uns mit schädlichen Stoffen zumüllen, dann hat dies andere Gründe. Wir wollen vielleicht nicht mehr so verkrampft in unserem Geist sein wie wir im Alltag sind, auf Grund der Angst, Dinge falsch oder nicht gut genug zu machen. Vielleicht wollen wir auch körperliche oder seelische Schmerzen unterdrücken oder möchten eine Stärke verspüren, für die wir aus unserer Komfortzone herauskommen und dafür an uns arbeiten müssten.

Ganz gleich, ob wir uns künstlerisch betätigen, Sport treiben oder Handlungen vollziehen, die generell nicht gerade ratsam sind - es geht immer darum, dass wir damit erreichen wollen, etwas Nützliches und Neues zu kreieren.

Ich habe inzwischen festgestellt, dass man leicht in eine geistige Falle tappt. So war es für mich gut und nützlich, dass ich mich der Kreativität öffnete. Jedoch liegt es in der Natur aller Wesen, sich weiterzuentwickeln und nützlich für ihre Umwelt zu sein.

Wenn man sich in einer Sache zu sehr verfängt, so läuft man Gefahr, alle anderen Störfaktoren und Bereiche, in denen man einen Mangel hat, auszublenden und sich durch die neue Leidenschaft wieder eine Komfortzone zu errichten. Irgendwann reicht dieses nicht mehr aus - und das Spiel beginnt von vorne.

So war es auch bei mir. Ich malte und zeichnete Tag und Nacht. Ab einem gewissen Zeitpunkt fragt man sich jedoch wieder, welchen Nutzen bringe ich damit für mich selbst und andere. Auch waren die Schwachstellen in meinem Selbstvertrauen immer noch da.

Die hier angefügten Bilder sind in einer sehr positiven Zeit mit viel schöpferischer Kraft entstanden und waren für mich zum damaligen Zeitpunkt auch von großer Bedeutung. Doch ist dies nur ein gewisser Teil von dem, was „Das Buch von Elia!" ausmacht.

Im ersten Teil macht Elia eine Reise durch seinen eigenen Geist, der noch manches Mal einer Achterbahn gleicht, doch dabei Stück für Stück negative Punkte immer mehr ins Positive verwandelt.

Dabei soll es aber nicht bleiben. Vielmehr wird „Das Buch von Elia" zu einem nützlichem Werk sowohl für den Verfasser, als auch für seine Leser

Anhang:

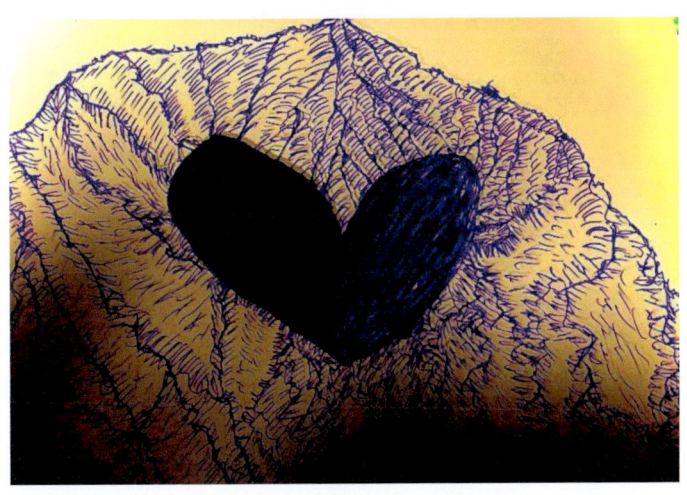

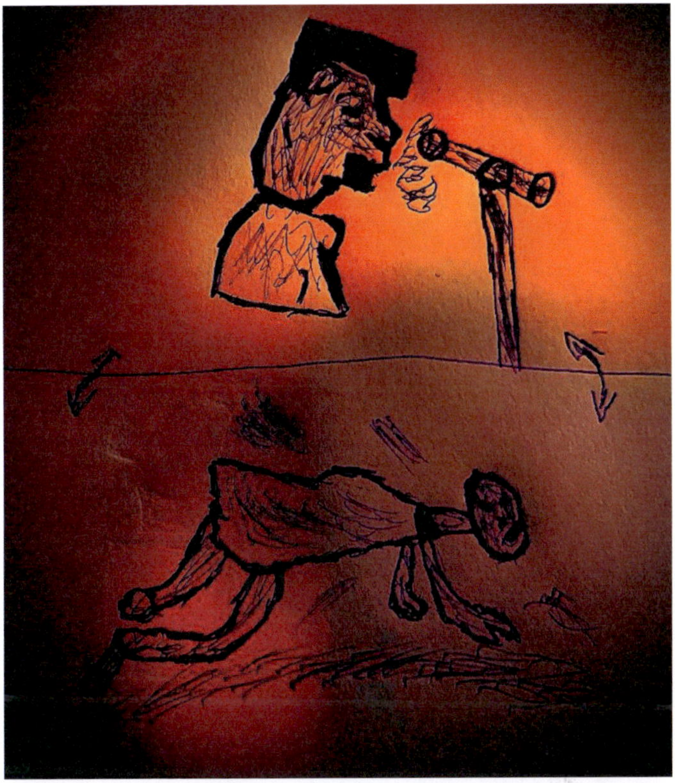

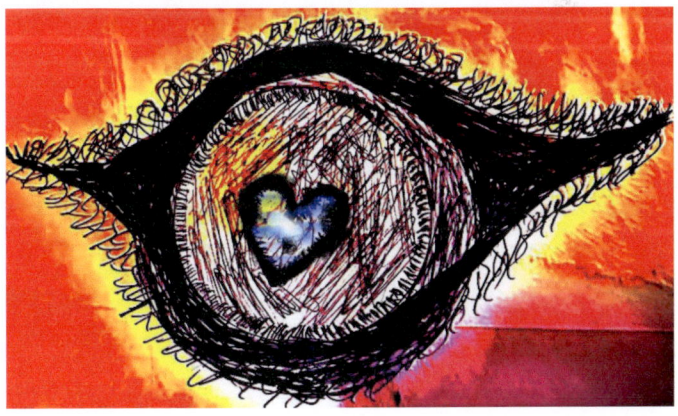

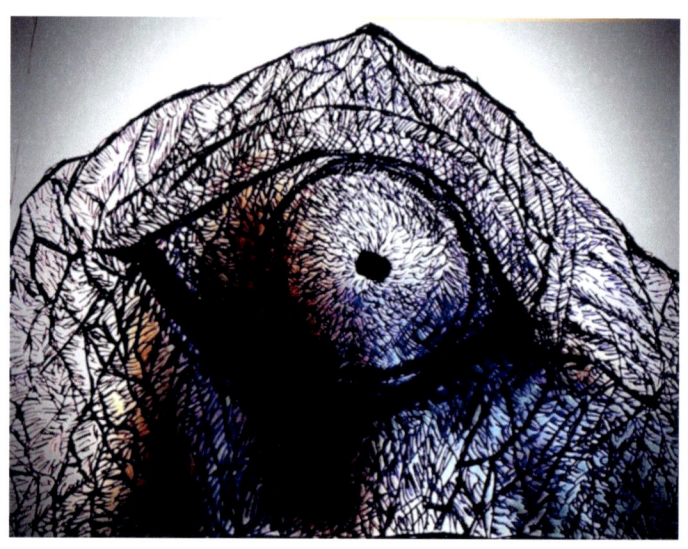

105

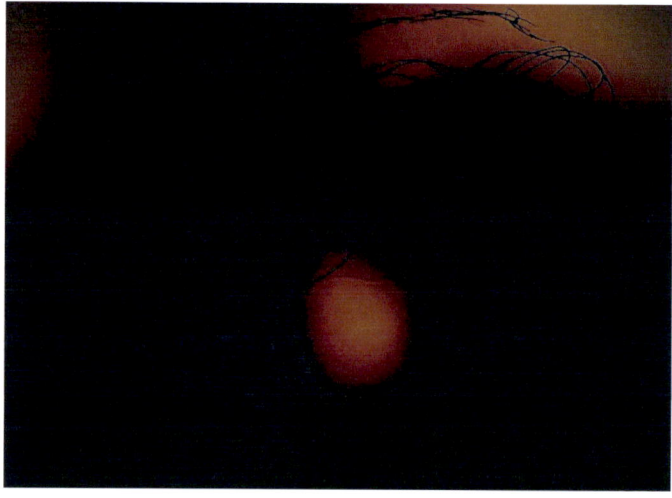

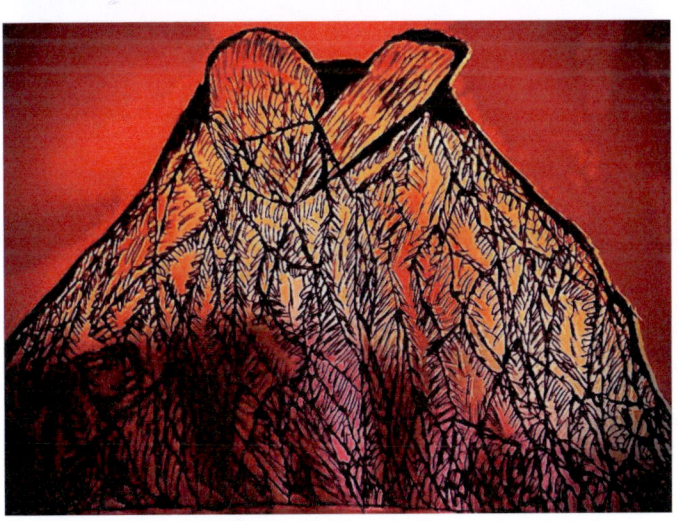